U0889398

老西安

贾平凹 著

西安出版社

图书在版编目（CIP）数据

老西安 / 贾平凹著 . — 西安 : 西安出版社，2022.7

ISBN 978-7-5541-5201-0

Ⅰ . ①老… Ⅱ . ①贾… Ⅲ . ①散文—中国—当代 Ⅳ . ① I267

中国版本图书馆 CIP 数据核字（2021）第 254475 号

老西安 LAO XI'AN

作　　者：贾平凹
出版发行：西安出版社
社　　址：西安市曲江新区雁南五路 1868 号
影视演艺大厦 11 层
电　　话：（029）85210377
邮政编码：710061
印　　刷：陕西龙山海天艺术印务有限公司
开　　本：787mm × 1092mm　1/32
印　　张：5.375
字　　数：78 千
版　　次：2022 年 7 月第 1 版
印　　次：2022 年 7 月第 1 次印刷
书　　号：ISBN 978-7-5541-5201-0
定　　价：58.00 元

△本书如有缺页、误装，请寄回另换

西安毕竟是西安

当我应承了为老西安写一本书后，老实讲，我是有些犯难了，我并不是土生土长的西安人，虽然在这里生活了二十七年，对过去的事情却仍难以全面了解。以别人的经验写老城，如北京、上海、南京、天津、广州，要凭了一大堆业已发黄的照片，但有关旧时西安的照片少得可怜，费尽了心机在数个档案馆里翻腾，又往一些老古董收藏家家中搜寻，得到的尽是一些“西安事变”“解放西安”的内容，而这些内容国人皆知，哪里又用得着我写呢？

老西安没照片？这让多少人感到疑惑不解，其实，老西安就是少有照片资料，没有照片的老西安正是老西安。西安曾经叫作长安，这是用不着解说的，也用不着多说。中国有十三个封建王朝在此建都，尤其汉唐，是国家的政治、经济、军事、文化中心，其城市的恢宏与繁华辉煌于全世界。可宋元之后，国都东迁北移，如人走茶凉，西安遂渐渐衰败。到了二十世纪二三十年代，已经荒废沦落到规模如现今陕西的一个普通县城的大小。在仅有唐城十分之一的那一圈明朝的城墙里，街是土道，铺为平屋，没了城门的空门洞外就是庄稼地、胡基壕、蒿丘和涝地。如果夜里有猫头鹰飞到钟楼上叫啸，肯定有人家死了老的少的，要在门首用白布草席搭了灵棚哭丧，而黎明出城去报丧的就常见到狼拖着扫帚长尾在田埂上游走。北京、上海已经有洋人的租界了，蹬着高跟鞋拎着小坤包的摩登女郎和穿了西服挂了怀表的先生们，生活里大量充斥了洋货，言语里也时不时夹杂了“密司特”之类的英文。而西安街头的墙上，一大片卖大力丸、治花柳病、售虎头万金油的广告里偶尔有一张两张胡蝶的、阮玲玉的烫发影照，普遍地把火柴称作洋火，把肥皂叫成洋碱，充其量有了名为“大芳”的一间照相馆。去馆子里照相，这是多么时髦的事！民间里广泛有着照相会摄去人的魂魄的，照相一定要照全身，照半身有杀身之祸的流言。但照相馆里到底是怎么回事，十分之九点九的人只是经过了照相馆门口向里窥视，立即匆匆走过，同当今的下了岗的工人经过了西安凯悦五星级大酒店门口的感觉是一样的。一位住在南郊的九十岁的老人曾经对我说过他年轻时与人坐在城南门口的河壕上拉话儿，缘头是由“大芳”照相馆橱窗里蒋介石的巨照说开的，一个说：蒋委员长不知道一天吃的什么饭，肯定是顿顿捞一碗干面，油泼的辣子调得红红的。他说：我要当了蒋委员长，全村的粪都要是我的，谁也不能拾。这老人的哥哥后来在警察局里做事，得势了，也让他和老婆去照相馆照相，“我一进去，”老人说，“人家问全光还是侧光？我倒吓了一跳，照相还要脱光衣服？！我说，我就全光吧，老婆害羞，她光个上半身吧。”

正是因为整个老西安只有那么一两间小小的照相馆，进去照的只是官人、军阀和有钱的人，才导致了今日企图以老照片反映当时的民俗风情的想法落空，也是我在写这本书的时候首先感到了老的西安区别于老的北京、上海、广州的独特处。

但是，西安毕竟是西安，无论说老道新，若要写中国，西安是怎么也无法绕过去的。

如果让西安人说起西安，随便从街上叫住一个人吧，都会眉飞色舞地摆阔：西安嘛，西安在汉唐做国都的时候，北方是北夷呀，南方是南蛮吧。现在把四川盆地称“天府之国”，其实“天府之国”最早说的是我们西安所在的关中平原。西安是大地的原点，西安是中国的中心。西安东有华岳，西是太白山，南靠秦岭，北临渭水，土地是中国最厚的黄土地，城墙是世界上保存最完整的古城墙。长安长安，长治久安，从古至今，它被水淹过吗？没有。被地震毁坏过吗？没有。日本鬼子那么凶，他打到西安城边就停止了！据说新中国成立时选国都地，差一点就又选中了西安呢。瞧瞧吧，哪一个外国总统到中国来不是去了北京、上海就要来西安呢？到中国不来西安那等于是没真正来过中国呀！这样的显派，外地人或许觉得发笑，但可以说，这种类似于败落大户人家的心态却顽固地潜藏于西安人的意识里。我曾经亲身经历过这样一幕：有一次，我在一家宾馆见着几个外国人，他们与一女服务生交谈，听不懂西安话，问怎么不说普通话呢？女服务生说："你知道大唐帝国吗？在唐代西安话就是普通话呀！"这时候，一只苍蝇正好飞落在外国一游客的帽子上，外国人惊叫这么好的宾馆怎么有苍蝇，女服务生一边赶苍蝇一边说："你没瞧这苍蝇是双眼皮吗，它是从唐朝一直飞过来的！"

西安人凡是去过镇江北固山的，都嘲笑那个梁武帝在山上写着的"天下第一江山"几个字。但我在北京却遭遇到一件事，令我大受刺激。那是我第一次去北京，我要去天桥找个熟人，不知怎么走，问起一个袒胸露乳的中年汉子："同志，你们北京天桥怎么去？"他是极热情的，指点坐几路车到什么地方换坐几路车，然后顺着一条巷直走，向左拐再向右拐，如何如何就到了。指点完了，他却教导起了我：“听口音是西安的？边远地区来不容易啊，应该好好逛逛呀！可我要告诉你，以后问路不要说你们北京天桥怎么去，北京是我们的，也是你们的，是全国人民的，你要问就问：同志，咱们首都的天桥在什么地方？怎么个走呀？”皇城根下的北京人口多么满，这一下我就憋咧。事隔了十年，我在上海，更是生了一肚子气，在一家小得可怜的旅馆里住，白天上街帮单位一个同事捎买衣服，跑遍了一条南京路，衣服号码都是个瘦，没一件符合同事腰身的。“上海人没有胖子”，这是我最深刻的印象。夜里回来，门房的老头坐在灯下用一个卤鸡脚下酒喝，见着我了硬要叫我也喝喝，我说一个鸡脚你嚼着我拿什么下酒呀，他说我这里有豆腐乳的，拉开抽屉，拿一根牙签扎起小碟子里的一块豆腐乳来。我笑了，没有吃，也没有喝，聊开天来。他知道了我是西安人，眼光从老花镜的上沿处盯着我，说：“西安的？听说西安冷得很，一小便就一根冰拐杖把人撑住了？！”我说冷是冷，但没上海这么阴冷。他又说：“西安城外是不是戈壁滩？！”我便不高兴了，说：“是的，戈壁滩一直到新疆，出门得光膀子穿羊皮袄，野着嗓子拉骆驼哩！”他说：“大上海这么大，我还没见过骆驼呢。”

我哼了一声：大上海就是大，日本就自称大和，那个马来西亚也叫作大马的……回到房间，气是气，却也生出几分悲哀：在西安时把西安说得不可无一，不可有二，外省人竟还有这样看待西安的？！

当我在思谋着写这本书的时候，困扰我的还不是老照片的缺乏，也不是头痛于文章从哪个角度切入，而真的不知如何为西安定位。我常常想，世上的万事万物，一旦成形，它都有着自己的灵魂吧。我向来看一棵树一块石头不自觉地就将其人格化，比如去市政府的大院看到一簇树枝柯交错，便认定这些树前世肯定也是仕途上的政客；在作家协会的办公室看见了一只破窗而入的蝴蝶，就断言这是一个爱好文学者的冤魂。那么，城市必然是有灵魂的，偌大的一座西安，它的灵魂是什么呢？

翻阅了古籍典本，陕西是被简称秦的。秦原是西周边陲的一个古老部落，姓嬴氏，善养马，其先公因为周孝王养马有功而封于秦地的。但秦地最早并不属于现在的陕西，归甘肃省。这有点如陕西人并不能自称陕人，原因是陕西实指河南陕县以西的地方一样。到了春秋时期，秦穆公开疆拓土，这下就包括了现在陕西的一些区域，并逐渐西移，秦的影响便强大起来，而在这辽阔的地区内自古有人往来于欧亚之间，秦的声名随戎狄部落的流徙传向域外，邻国于是称中国为秦。所谓的古波斯人称中国为赛尼，古希伯来人称中国为希尼，古印度人称中国为支那、震旦，其实全都是秦的音译。到了秦始皇统一中国，“逼逐匈奴，威震殊俗，匈奴之流徙极远者往往至今欧北土……彼等称中国为秦，欧洲诸国亦相沿之而不改”。秦的英语音译也就是中国。中国人又称为汉人，中国的语言称汉语，国外研究中国学问的专家称之为汉学家，日本将中医也叫作汉医，那么，汉又是怎么来的呢？刘邦在秦亡以后，被项羽封地在陕西汉中，为汉王。刘邦数年后击败了项羽，当然就在西安建立了汉朝。汉朝到了汉武帝时期，国力鼎盛，开辟了丝绸之路，丝绸人都自称为汉家臣民。西方诸国因此就称他们为汉、汉人，沿袭至今。而历史进入唐代，中国社会发展又是一个高峰期，丝绸之路更加繁荣，海上交通与国际交往也盛况空前，海外诸国又称中国人为唐人。此称谓一直延续，至今美国的纽约、旧金山，加拿大的温哥华，巴西的圣保罗，澳大利亚的墨尔本，以及新加坡等地，华侨或外籍华裔聚居的地方都叫唐人街。

世界对于中国的认识都起源于陕西和陕西的西安，历史的坐标就这样竖起了。如果不错的话，我以为要了解中国的近代文明那就得去北京，要了解中国的现代文明得去上海，而要了解中国的古代文明却只有去西安了。西安或许再也不能有如秦、汉、唐时期在中国的显赫地位了，它在十八世纪衰弱，二十世纪初更是荒凉不堪，直到现在，经济发展仍滞后于国内别的省份，但它因历史的积淀，全方位地保留着中国真正的传统文化（现在人们习惯于将明清以后的东西称为传统，如华侨给外国人的印象是会功夫，会耍狮子龙灯，穿旗袍，唱京剧，吃动物内脏，喝茶喝烧酒等，其实最能代表中华民族的东西在汉唐），使它具有了浑然的厚重的苍凉的独特风格，正是这样的灵魂支撑着它，氤氲笼绕着它，散发着魅力，强迫得天下人为之瞩目。

目录

第一章 秦砖汉瓦

十五年前的一个礼拜日，我骑了自行车去渭河岸独行，有一处的坟陵特别集中，除了有两个如大山的为帝陵外，四周散落的还有六七个若小山的是那些伴帝的文臣武将和皇后妃子的墓堆。时近黄昏，夕阳在大平原的西边滚动，渭河上黄水汤汤，所有的陵墓被日光蚀得一片金色，我发狂似的蹬着自行车，最后倒在野草丛中哈哈大笑。这时候，一个孩子和一群羊就站在远远的地方看我，孩子留着梳子头，流一道鼻涕在嘴唇上，放羊鞭子拖后，像一条尾巴。我说："嗨，碎人，碎人，哪个村里的？"西安的土话"碎"是小，他没有理我。"你耳朵聋了没，碎人！""你才是聋子哩！"他顶着嘴，提了一下裤子，拿放羊鞭子指左边的一簇村子。关中平原上的农民住屋都是黄土板筑得很厚的土墙，三间四间的大的入深堂房是硬四椽结构，两边的厢房就为一边盖了，如此形成一个大院，一院一院整齐排列出巷道。而陵墓之间的屋舍却因地赋形，有许多人家直接在陵墓上凿洞为室，外边围一圈土坯院墙，长几棵弯脖子苍榆。我猜想这一簇一簇的村落或许就是当年的守墓人繁衍下来所形成的。但帝王陵墓选择了好的风水地，阴穴却并不一定就是好的阳宅地，这些村庄破破烂烂，没一点富裕气象，眼前的这位小牧羊人形状丑陋，正是读书的年龄却在放羊了！我问他："怎么不去上学呢？"他说："放羊哩嘛！""放羊为啥哩？""挤奶嘛！""挤奶为啥哩？""赚

清末某王府藏图——西安府南图

清末某王府藏图——西安府北图

1914 年，西安郊外溪谷里的道路和车马

1914 年，西安郊外街道、民房、行人、马队

清末，陕西、河南交界处路上的商贩和行人

清末，陕西、河南交界处关口

1914 年的西安街头，墙根向阳处人们晒着太阳，泥泞的街道上行走着牛车

钱嘛！”“赚钱为啥哩？”“娶媳妇嘛！”“娶媳妇为啥哩？”“生娃嘛！”“生娃为啥哩？”“放羊嘛！”我哈哈大笑，笑完了心里却酸酸的不是个滋味。关中人有相当多的是守墓人的后代，我估计，现在的那个有轩辕墓的黄陵县，恐怕就是守墓人繁衍后代最多的地方。陕西埋了这么多皇帝，辅佐皇帝创业守成的名臣名将，也未必分属江南、北国，倒是因建都关中，推动了陕西英才辈出，如教民稼穑的后稷、治理洪水的大禹、开辟丝绸之路的张骞、一代史圣司马迁，仅以西安而言，名列《二十四史》的人物，截至清末，就有一千多人。这一千多人中，帝王人数约占百分之五，绝大部分属经邦济世之臣，能征善战之将，侠肝义胆之士，其余的则是农学家、天文学家、医学家、史学家、训诂学家、文学家、画家、书法家、音乐歌舞艺术家，三教九流，门类齐全。西安城南的韦曲和杜曲，实际上是以韦、杜两姓起名的，历史上韦、杜两大户出的宰相就四十人，加上名列三公九卿的大员，数以百计，故有“城南韦杜，去天尺五”之说。

骑着青牛的老子是来过西安的，在西安之西的周至架楼观星，筑台讲经，但孔子是“西行不到秦”的。孔子为什么不肯来秦呢？是他畏惧着西北的高寒，还是仇恨着秦的“狼虎”？孔子始终不来陕西，汉唐之后的陕西王气便逐渐衰微了。民间的传说里，武则天在冬日的兴庆宫里命令牡丹开花，牡丹不开，逐出了西安，牡丹从此落户于洛阳，而城中的大雁塔和曲江池历来被认为是印章和印泥盒的，大雁塔虽有倾斜但还存在，曲江池则就干涸了。到了二十世纪，中国的天下完全成了南方人的世事，如果说老西安就从这个时候说起，能提上串的真的就没有几个人物了。

一九〇〇年，八国联军进北京，慈禧逃难到西安，这便是西安临时又做了一回国都吧。这一次做国都，并没有给西安增添荣耀，却深深蒙受了屈辱，更让西安人痛心的是庚子之乱的结果将西安人赵舒翘处死。

赵舒翘的家是居住在城西南的甜水井街上，我曾在双仁府街居住了数年，因双仁府距甜水井极近，偶然就认识了赵氏的后人并成为熟客，常去他家吃酒喝茶。那是个大杂院，拥挤了十多户居民，但在那以砖墙和油毛毡分隔出的七拐八弯往里走，随处是搂粗的屋柱，菱花雕窗，墙头的砖饰，想见着往昔是多么豪华。我坐在唯一产权归他的那间偏房小屋，光线阴暗，地面潮湿，撑起那精致的揭窗，隐约地看到几件老红木椅柜，强烈地感受到了一种幽怨之气，疑心落在窗前一棵紫藤上的小鸟是赵舒翘的托变。赵舒翘是当时西安人做的最大的官，由刑部尚书到军机大臣，甜水井街几乎就是赵家府。慈禧西逃，就是赵舒翘护驾到他的老家的。清室代表与八国联军谈判时，联军提出必须严惩义和团的幕后支持人刚毅和

慈禧坐像

慈禧出行

1907 年的西安西大街

1907 年的西安府教堂

1907 年的西安府迎祥观

1907 年的西安府城隍庙

1907 年的西安府衙

1914 年的乾州乾陵

1914 年的西安灞桥

1914 年的霍去病墓

赵舒翘，而刚毅在西来途中病死，赵舒翘自然被洋人盯住不放。慈禧是欣赏赵的，曾亲笔为赵题写“镜清光远”挂屏一幅，所以不想杀之，先是革职留用，后改为“斩监候”（死缓），但洋人一再威逼，慈禧才拟改斩赵取得联军谅解。消息传出，西安各界人士便群起为赵舒翘请命，数万人在钟楼下游行示威，慈禧遂改“赐自尽”，让他得个全尸。赵舒翘时年五十四岁，体质强壮，加之内心总在想慈禧能有赦免的懿旨追来，因而服鸦片不死，又服毒药数种不死，折腾了几个时辰，最后是被捆在木板上以黄裱纸喷烧酒一层一层糊面憋死。赵舒翘一死，家府中的男人就作鸟兽散了，仅存下一大群妇道人家靠往日积存度日。妇人多阴气重，家境一败再败，屋舍典卖从一条街到半条街，由半条街到三处院落，直至一九四九年后，赵家的正宗后人，也即我的那位熟人只能栖身于一间小屋了。据说，赵舒翘临死前遗训子孙“再勿做官”，此话准确与否，没有深究，但事实是赵家的后人皆以技艺生活，再无一人在仕途上。

就在赵舒翘被赐死的时期，却有另一人被赐了“一品诰命夫人”，这便是三原安吴堡的一个寡妇。寡妇是人物漂亮，处事果断，远近盛传她是金蛤蟆精变的。夫家原是当地的首富，她初为人妻，男人就病死了，村人都说她得改嫁，这户人家从此要败了，她偏就顶门立户，将一个大家治理得井井有条。

1936 年 12 月，西安数千名学生奔赴陕西省政府请愿

1936年12月9日，西安学生在街头举行示威游行，要求停止内战，一致抗日

1936年12月9日，西安事变爆发前，西安群众为支持张学良、杨虎城的抗日壮举上街游行

西安师范抗战宣传团成员

抗战时期西安钟楼墙上的宣传标语

1939 年 1 月，西安学生慰问守护黄河防线的将士

1939 年，日军轰炸西安之前的南大街

1939 年 1 月 18 日，侵华日军轰炸西安古城

1936 年，陕西省财政厅与民政厅的办公场所

难得一个妇道角色，几十年里鸡啼起身，描眉油头，打扮得容光焕发，然后提了曳地长裙，踮了三寸金莲，登坐于专门修筑于大院中的一个板楼上，监督百十号长工短工劳作。慈禧逃来西安，也正是所谓国难之时，这寡妇竟有主见，用马车拉了满满一车金银捐贡朝廷，感动得慈禧要认她做干女儿。

一个是朝里人，一个是民间事，在清朝末年，陕西人演绎的悲喜剧绝对是陕西人的特色。在西安，甚或在关中的任何县任何村，随时是可以听到秦腔的。外地人初听秦腔，感觉是“死狼声吼叫”，但那高亢激越的怒吼之中撕不断扯不尽的是幽怨沉缓的哭音慢板，就如冬日常见到的平原之上的粗桩和细枝组合的柿树一样，西风里，你感受到的是无尽的悲怆和凄凉。时间又过了几十年，又是一个政坛上的强人和民间的奇才登场，这就是杨虎城与牛兆濂。关于杨虎城的事迹，各类西安事变的文献书中已经说得太多，他原是渭北一带的刀客，为人豪爽，处事勇敢，但绝不是个粗人。我读过一篇参与了西安事变的某人的回忆录，其中有两处描写印象深刻。一是说杨虎城识不了多少字，但记忆非凡，多少年前的某日某事某某参加皆清楚不误；演讲时，他可以拿讲稿，但在讲稿上折好多角，折什么样的角讲什么样的话，只有他明白，然后开讲就全然不用别人为他写的讲稿。二是说他和张学良合作，相互并不是没有存疑。张学良的出身、学养、势力自

1937 年的杨虎城

1937 年 10 月，杨虎城与夫人和幼子在伦敦皇后饭店门前

1937 年，杨虎城被迫出国，临行前在上海与友人在一起（左四为杨虎城，左五为邓宝珊）

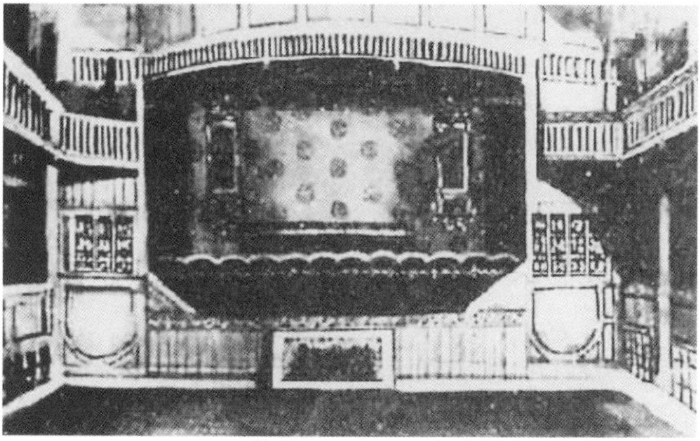

1936 年 12 月 4 日，蒋介石和张学良、杨虎城在西安

民国初，西安易俗社剧场的舞台

然是杨虎城不能比的，但杨虎城办事除了有豪侠之气，因出身农家，自有农民的一点狡黠，两人决定了兵谏，他却担心张学良提前撇了他，时时注意着张的动静。一次，张学良的一位重要部下在易俗社看戏，他当然也派人在剧场，戏演到一半，那个部下匆匆离去，他手下的人遂赶回将情况告诉他，他便估摸张学良要动手了，紧急召集军事会议，调动部队，即将出发前得到情报，那个部下离开剧场是去干别的事了，方停止了行动，险些出了大的事故。我们现在能看到的张学良和杨虎城的照片，一个英武潇洒，一个雄浑沉健。杨虎城的相貌是典型的关中人形象，头大面宽，肉厚身沉，颇有几分像秦始皇墓出土的兵马俑。现存留在西安城里的张学良公馆和杨虎城公馆，便足以看出两人风格，一个是西式建筑，一个是庭院式的传统结构。出身于草莽的武人在国家民族危难之际冒着身败名裂的危险兵谏，这是一种正义的力量，人格的力量，可歌可泣，但他又是传统的、农民式的，他的结局必然与张学良截然不同。我曾数次去拜谒过他的陵园，在肃穆的墓碑前，看终南山上云聚云散，听身后粗大的松树上松子在天风里坠落，不禁仰天浩叹。

赵舒翘和杨虎城是西安近代史上两个无法避开的人物，而民间传颂最多的倒是那个安吴堡的寡妇和牛才子。赵舒翘和杨虎城属于正剧，正剧往往是悲剧，安吴堡寡妇和牛才子

陕西靖国军将领张义安（左）、邓宝珊（中）、杨虎城（右）

1934 年，杨虎城（前排左三）与时任陕西省政府主席的邵力子（前排左二）走向阅兵场

1934 年，纪念“九一八”事变三周年阅兵

归于野史，野史里却充满了喜剧成分。我们尊重那些英雄豪杰，但英雄豪杰辈出的年代必定是老百姓生灵涂炭的岁月，世俗的生活更多的是波澜不起地流动着，以生活的自在规律流动着，这种流动沉闷而不感觉，你似乎进入了无敌之阵，可你很快却被俘虏了，只有那些喜剧性人物增加着生趣，使我们一日一日活了下去，如暗里飞的萤虫自照，如水宿中的禽鸟相呼。

以西安市为界，关中的西部称为西府，关中的东部称东府，西府东府比较起来就有了一种很有趣的现象。东府有一座华山，西府有一座太白山。华山是完整的一块巨石形成的，坚硬、挺拔、险峭，我认作是阳山，男人的山，它是纯粹的山，没有附加的东西，如黄山上的迎客松呀，峨眉山上能看佛光呀，泰山上可以祀天呀，上华山就是体现着真正上山的意义。太白山峰峦浑然，终年积雪，神秘莫测，我认作是阴山，女人的山。东府有秦始皇兵马俑博物馆，西府里有霍去病石雕博物馆。我对所有来西安旅游的外地朋友讲，你如果是政治家，请去参观秦兵马俑，张扬你的气势；你如果是艺术家，请去参观霍去病墓以寻找浑然整体的感觉。在绘画上，我们习惯于将西方的油画看作色的团块，将中国的水墨画看作线的勾勒，在关中平原上看冬天里的柿树，那是巨大的粗糙的黑桩与细的枝丫组合的形象。听陕西古老的戏剧秦腔，净的嘶声吼叫与旦的幽怨绵长，又是结合得那样完美，你就明白这一方水土里养育的是一种什么样的人了。

如果说赵舒翘、杨虎城并没有在政治上、军事上完成他们大的气候，那么，从二十世纪之初，文学艺术领域中的天才却一步步向我们走来：于右任、吴宓、王子云、赵望云、石鲁、柳青……足以使陕西人和西安这座城骄傲。我每每登临城头，望着那南北纵横“井”字形的大街小巷，不由自主地就想到了他们，风里点着一支烟，默默地想象这些人物当年走动于这座城市的身影，若是没有他们，这座城将又是何等的空旷啊！

于右任被尊为书圣，他给人的永远是美髯飘飘的仙者印象，但我见过他年轻时在西安的一张照片，硕大的脑袋，忠厚的面孔，穿一件臃肿不堪的黑粗布棉衣裤。大的天才是上苍派往人间的使者，他的所作所为，芸芸众生只能欣赏，不可模仿。现在海内外写于体的书法家甚多，但风骨接近者少之又少。我在江苏常熟翁同龢故居里看翁氏的照片，惊奇他的相貌与于右任相似，翁氏的书法在当时也是名重天下，罢官归里，求字者接踵而来，翁坚不与书，有人就费尽心机，送帖到翁府请其赴什么宴，门子将帖传入。翁凭心性，上次批一字：可。这次批一字：免。如此反反复复，数年里集单字成册作为家传之宝。于右任在西安的时候却是有求必应，相传曾有人不断向他索字，常坐在厅里喝茶等候，茶喝多了就跑到街道于背人处掏尿，于右任顺手写了“不可随处小便”，他拿回去，重新剪裁装裱，悬挂室中却成了“小处不可随便”。西安人热爱于右任，不仅爱他的字，更爱他一颗爱国的心，做圣贤而能庸行，是大人而常小心。他同当时陕西的军政要人张坊，数年间跑遍关中角角落落，搜寻魏晋和唐的石碑，常常为一块碑子倾囊出资，又百般好话，碑子收集后，两人商定，魏晋的归于，唐时的属张，结果于右任将所有的魏晋石碑安置于西安文庙，这就形成了至今闻名中外的碑林博物馆，而张坊的唐碑运回了他的河南老家，办起了“千唐诗斋”。正应了大人物是上苍所派遣的话，前些年西安收藏界有两件奇石轰动一时，一件是一块白石上有极逼真的毛泽东头像，一件是产于于右任家乡三原县前泾河里的一块完整的黑石，惟妙惟肖的是于右任，惹得满城的书法家跑去观看，看者就躬身作拜，状如见了真人。

从书法艺术上讲，汉时犹如人在剧场看戏，魏晋就是戏散后人走出剧场，唐则是人又回坐在了家里，而戏散人走出剧场那是各色人等，各具神态的，所以魏晋的书法最张扬，最有个性。于右任喜欢魏晋，他把陕西的魏晋碑子都收集了，到了我辈只能在民间收寻一些魏晋的拓片了。在我的书房里，挂满了魏晋的拓片，有一张上竟也盖有于右任的印章，这使我常面对了静默玄想，于右任是先知先觉，我是浑厚之气不

年轻时期的于右任

陕西靖国军总司令于右任

老年时于右任

于右任为曹印侯小照题诗

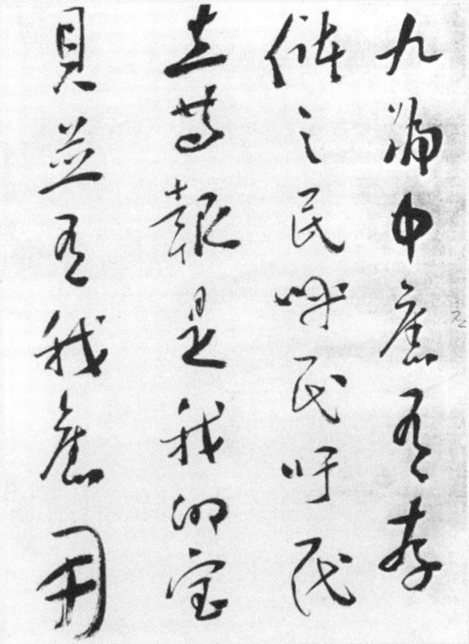

1918 年于右任谈三报的便札

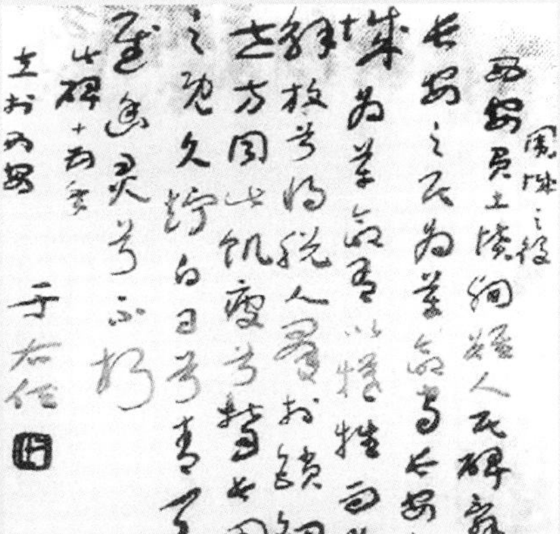

于右任题写的纪念围城战斗中殉难烈士的碑文

知不觉上身的。于右任之后，另一个对陕西古代艺术的保护和发展作出了重要贡献的人物当属王子云。王子云在民间知之者不多，但在美术界、考古界却被推崇为大师的，在二十世纪三四十年代，他的足迹遍及陕西所有古墓、古寺、山窟和洞穴，考察、收集、整理古文化遗产。翻阅他的考察日记，便知道在那么个战乱年代，他率领了一帮人在荒山之上，野庙之中，常常一天吃不到东西，喝不上水，与兵匪周旋，和豺狼搏斗。我见过他当年的一张照片，衣衫破烂，发如蓬草，正立于乱木搭成的架子上拓一块石碑。霍去病墓前的石雕可以说是他首先发现了其巨大的艺术价值，并能将这些圆雕拓片，这种技术至今已无人能及了。

石鲁和柳青可以说是旷世的天才，他们在二十世纪四十年代生活于西安，又去了延安再返回西安发展他们的艺术，他们最有个性，留在民间的佳话也最多，几乎在西安，任何人也不许说他们瞎话的，谁说就会有人急。在外地人的印象里，陕西人是土气的，包括文学艺术家，这两个形象也是如此。石鲁终年长发，衣着不整，柳青则是光头，穿老式对襟衣裤，但其实他们骨子里最洋。石鲁能歌善舞，精通西洋美术，又创作过电影剧本；柳青更是懂三四种外语，长年读英文报刊。他们的作品长存于世，将会成为中华民族文化遗产的一部分，而他们在“文化大革命”的浩劫中命运却极其悲惨。石鲁差

柳青像

石鲁像

点被判为死刑，最后精神错乱；柳青是在子女用自行车推着去医院看了病数年后，默默地死于肺气肿。

当我们崇拜苏东坡，而苏东坡却早早死在了宋朝，同样地，我出生太晚，虽然同住于一个城市，未能见到于右任、王子云、石鲁和柳青。美国的好莱坞大道上印有那些为电影事业作出贡献的艺术家的脚印手印，但中国没有。有话说喜欢午餐的人是正常人，喜欢早餐或喜欢晚餐的人是仙或鬼托生的。我属于清早懒以起床晚上却迟迟不睡的人，常在夜间里独自逛街。人流车队渐渐地稀少了，霓虹灯也暗淡下去，无风有雾的夜色里浮着平屋和楼房的正方形、三角形，谁家的窗口里飘出了秦腔曲牌，巷口的路灯杆下一堆人正下着象棋，街心的交通安全岛上孤零零蹲着一个老头明灭着嘴唇上的烟火，我就常常作想：人间的东西真是奇妙啊，我们在生活着，可这座城是哪一批人修筑的？穿的衣服，衣服上的扣子，做饭的锅，端着的碗，又是谁第一个发明的呢？我们活在前人的创造中而我们竟全然不知！人人都在说西安是一座文化积淀特别深厚的城市，但它又是如何一点一点积淀起来呢？文物是历史的框架，民俗是历史的灵魂，而那些民俗中穿插的人物应该称作是贤德吧？流水里有着风的形态，斯文里留下了贤德的踪迹，今日之夜，古往今来的大贤大德们的幽灵一定就在这座城市的空气里。

1998 年冬季的一个夜晚，空气十分地清冷，我游逛到了碑林博物馆的附近，一家字画店还未关门，进去竟购买了一张康有为手迹“应无所往”的拓片。我喜欢康有为的书法，也知道这四个字的原石碑现在仍保留在兴善寺里，但回来对拓片还是看了许久，发着笑声，画下了一张画。我画的是一条鱼，鱼无鳞，遍布了青铜器上的那种纹饰，旁边题道：“鱼以人腹为坟墓，我的毁誉在民间。”我想到的全然是康有为了。

1923 年，康有为被陕西督军延请入陕，老夫子颇为风光，所到之处参观、讲学、吃宴，并在众人的叫好声中留下了墨宝，“应无所往”就是那次写的。他乘兴而来，每到一处恭维的话听得耳朵也磨出茧了，总不免要谦虚一句“老而不死了”，没想到待他离开西安却是十分败兴，西安城里从此留下了一副对联：“国之将亡必有；老而不死是为”，横额“寿而康”。事情是这样的，康有为去了一趟碑林博物馆附近的卧龙寺，卧龙寺的和尚见是康有为，便将珍藏于寺的举世珍籍《碛砂藏》拿与他看，康有为当然知道它的宝贵，借口拿回寓所翻阅，竟不再言送还而匆匆离陕。待他的车马一走，寺里的和尚立即呈报督军府，众人一片哗然，以李仪祉为首的一批地方名流力主要讨回珍宝，但康有为是何等人物，又怎么当面剥他那张贼皮呢？和尚们就紧追不舍，一直到了潼关追上，拦道挡马，婉言说了康夫子学富五车，见识广博，别人都不识《碛

1907 年的碑林

砂藏》，只有您慧眼识得，遗憾的是此经书 1532 部，6362 卷，你看到的是卧龙寺分藏的一部分，还有一部分藏于开元寺，若先生喜爱，不几日将全集装订一起了给先生送到府上过目。如此云云一番巧说，康有为哈哈大笑，交出了《碛砂藏》，还说了一句："我明白孔子为什么西行不到秦了！"

康有为做了一回贼，可他是性情中人，并不羞耻而成全了一段饭后茶余的趣话。最令西安人六十多年来义愤不已的是六骏马的失盗和破坏。唐太宗昭陵上的六块浮雕骏马，算得上是中国的艺术珍品，它为太宗生前征战时所骑的战马，各有马名，即飒露紫、拳毛騧、特勒骠、白蹄乌、什伐赤、青骓。唐代的雕刻本来就是很写实很生动的，这六件浮雕的马，三跑三立，惟妙惟肖地表现了唐代西域名马的硕健形态，更透射出了唐崇尚雄浑重力量的时代风度。明清以后，陕西是再也没见过像样的马匹，关中平原上有的只是耕田驮货的驴和骡，驴骡那是马的附庸，所以陕西人看重这六骏马。但是 1936 年一个风高月黑之夜，一个美国人勾结古董奸商盗运了飒露紫和拳毛騧，又将其余四马打碎而藏匿起来。西安人闻讯缉拿，终于缴获了被打碎的四马，如今碑林博物馆展出的四骏，就是将碎块重新模制的。

从二十世纪起，陕西的文物不断地被挖掘出土，每一次莫不轰动国内外，而文物生出的故事更是灿烂又离奇。蓝田

康有为来西安时居住的五味十字附近的浙江会馆

猿人头骨是因为当地人在一条沟里常挖一种石头研粉治疗外伤而引起了专家的注意，查明了那是远古兽骨化石，进一步发掘所收获的。秦兵马俑坑是临潼农民打机井打出一堆陶片而发现的。法门寺地宫是寺塔倒塌后清理地基显露的。更有那些盗墓贼一个在墓坑下一个在墓坑上，待到文物吊上来，墓坑上的丢下绳索使墓坑下的活活饿死的事；有盗窃了一颗秦兵马俑头而丢掉了自己的头的事；有偷藏了汉代稀罕陶器，一连三日夜里做梦，梦见陶器里发出声音：让我回去，让我回去！以此吓得精神失常的事。我于西安已经生活了二十七年，长长短短在九处安家，几乎见到在什么地方搞建筑，但凡挖地基都有文物出现，而那些秦代的砖，汉朝的罐、瓦当、铜钱、陶俑，虽也是够等级的文物，可实在太多，国家并不是严格管理，于是差不多的人家都有那么几件。二十世纪八十年代初，我借居于北郊农家，村里许多人家的厕所墙角总有一大堆打碎了的汉陶罐片，农民是用其揩屁股的，揩过了又丢在那里，经过雨淋干净了，如此再用。秦的汉的瓦当，老太太们则是要用来拓印锅盔馍上的花纹的。二十世纪九十年代初，我在城南一所疗养院治病，疗养院外的塬地上聚着一堆一堆破砖烂瓦，农民在怨恨这地里的破砖烂瓦太多影响着耕犁，原来这里曾是唐时的一座寺庙，因和尚诱奸民女，附近的村民将和尚活埋地下，仅露出个光头，再用铁耙来耙，将寺称耙头寺，后又一把火毁了。我每日下午去那破砖瓦堆里挑捡，竟在病愈回家时带回来了十几块有花纹和文字的砖瓦。

西安多文物，也便有了众多的收藏家，其中的大家该算是阎甘园了。阎家到底收藏了多少古董，现已无法考证，因为“文化大革命”中，红卫兵一架子车一架子车往外拉“四旧”，有的烧毁了，有的散失了，待国家拨乱反正的时候，返回的仅只有十分之一二。鲁迅先生当年来西安，就到过阎家，据说阎甘园把所有的藏品都拿出来让这位文豪看，竟摆得满院没了立脚的地方。等到我去阎家的时候，阎家已搬住在南院门保吉巷的一个小院子里。人世沧桑，小院的主人成了阎甘园的儿子阎秉初，一个七八十岁的精瘦老人了。老人给我讲着遥远的家史，讲着收藏人的酸辣苦甜，讲着文物鉴定和收藏保管的知识，我听得入迷，盘脚坐在了椅上而鞋掉在地上组成了“×”形竟长久不知，后来就注意到我坐的是明代的红木椅子，端的是清代的茶碗吃茶，桌旁的一只猫食盘样子特别，问：“那是什么瓷的？”老人说了一句：“乾隆年间的耀州老瓷。”那一个上午，阳光灿烂，几束光柱从金链锁梅的格窗里透射进来，有活的东西在那里飞动，我欣赏了从樟木箱里取出的石涛、朱耷、郑板桥和张大千的作品，一件一件的神品使我眩晕恍惚，竟将手举起来哄赶齐白石画上前来的一个飞虫时才知道那原本是画面上绘就的蜜蜂，惹得众人哄笑。末了，老人说：“你是懂字画的，又不做买卖，就以五千元半售半赠你那幅六尺整开的郑燮书法吧！你我住得不远，我实在想这作品了还能去你家看看嘛！”可我那时穷而啬，竟没有接受他的好意，数年后再去拜访他时，老人早于三月前作古，他的孙子不认得我，关门不开，院里的狗声巨如豹。

世上的事往往是有牙的时候没有锅盔大饼，等有了锅盔大饼了却又没了牙。待我对收藏有了兴趣，日子也不至于一分钱要掰开两半来使，但我却没能收藏到很好的东西，甚至有相当部分是假古董。有一次，有人提供在东郊的一户人家后院的厕所墙是用修大寨田挖出的墓砖砌的，发现砖上有浮雕图案，连忙赶去，厕所墙却是新砖砌的，老太太说前日来了一个人，见过有这么好的人吗，拿新砖把那些旧砖换去了。又有一次，我买了十多个汉陶俑，正欢天喜地往书架上放，来了能识货的朋友指出这是假的，我坚决否认，骂他生了嫉妒之心。朋友说：“我也曾买过几个，和你这一模一样，我老婆不小心撞坏了一个，发现里边有一枚人民币的。”我当场将一个敲开，果然里边出现了一枚贰分钱的镍币。从此我改变了收藏观，以为凡是经我看过的东西就算我已收藏了，我更多地去国家博物馆参观。陕西的历史博物馆是非常多的，我到周原博物馆去看青铜器，到咸阳博物馆去看秦砖秦陶，到碑林博物馆去看石雕碑刻，到西安历史博物馆去看瓦当、封泥，到陕师大博物馆去看古帖名画。做一个西安人真是幸福啊，每一件藏品都在展示着一段曾经辉煌的历史，都在叙说着一件惊天地泣鬼神的悲怆故事。周秦汉唐一路下来的时空隧道里，一切都变得湿漉漉的，伸手可以触摸的，你就会把放大挂于墙上的秦兵马俑照片认作你自己，该去吟唱李白的诗了："秦王骑虎游八极，举剑向天天自碧。"

老西安

第二章　不敢谈繁华

我得到过一张清末民初时期西安城区图，那些小巷街道的名称与现在一模一样，再琢磨这些名字如尚德路、教场门、四府街、骡马市、端履门、大有巷、竹笆市、炭市街、后宰门、马场子、双仁府、北院门、含光路、朱雀路、马道巷，非常有都城性，又有北方风味，可以推断，这些名称起源于汉唐，最晚也该是明朝。西安是善于保守的城市，它把上古的言辞顽强地保留在自己的日常用语里，许多土语方言书写出来就是极雅的文言词，用土话方言吟咏唐诗汉赋，音韵合辙，节奏有致。它把古老的习俗一直流传下来，生了孩子要把鸡蛋煮熟染红分散给广亲众友，死了人各处报丧之后门前的墙上仍要贴上“恕报不周”，仍然有人在剪窗花，有人在做面花，雨天穿了水泥屐在青石小巷呱嗒呱嗒地走。它将一座城墙由汉修到唐，由唐修到明，由明到今。二十世纪八十年代，城墙再次翻修，我从工地上搬了数块完整的旧砖，一块做了砚台，一块做了浮雕，一块什么也不做就欣赏它的浑厚朴拙，遂也萌生了为所有四合院门墩石的雕饰拓片和考察每一条小街巷名称的计划。但这计划因各种原因而取消了，其中一个直接的原因是我去一家豪宅拓门墩拓片时被人家误以为是贼，受了侮辱，后来又患肝病住了一年医院。《废都》一书中基本上写到的都是西安真有其事的老街老巷，书出版后好事人

1907 年的西安府城墙和城墙外庄稼地

1907 年的西安民宅

1911 年，清朝官员在西安城外，护城河对岸城墙的敌楼清晰可见

多去那些街巷考证，甚至北京来了几个搞民俗摄影的人，去那些街巷拍摄了一通，可惜资料他们全拿走了，而紧接着西安进行了大规模的城区改造，大部分的老街老巷已荡然无存，留下来的只是它们的名字和遥远的与并不遥远的记忆。

我在西安居住最长的地方是南院门。南院门集中了最富有特色的小街小巷，那时节，路面坑坑洼洼不平，四合院的土坯墙上斑斑驳驳，墙头上有长着松塔子草的，时常有猫卧在那里打盹，而墙之上空是蜘蛛网般的陈旧电线和从这一棵树到那一棵树拉就的铁丝，晾挂了被褥、衣裳、裤衩，树是伤痕累累，拴系的铁丝已深深地陷在树皮之内。每一条街巷几乎都只有一个水龙头，街巷人家一早一晚用装着铁轮子的木板去拉桶接水，哐哐哐的噪音吵得人要神经错乱。最难为情的是巷道里往往也只有一个公用厕所，又都是污水肆流，进去要小心地踩着垫着的砖块。早晨的厕所门口排起长队，全是掖怀提裤蓬头垢面的形象，经常是儿子给老子排队的，也有做娘的在蹲坑上要结束了，叫喊着站在外边的女儿快进来，惹得一阵吵骂声。我居住在那里，许多人见面了，说，你在南院门住呀，好地方，想当年最热闹啊！我一直不明白，南院门怎么会成为昔日最繁华的商业区，但了解了一些老户，确实是如此，他们还能说得出一段拉洋片的唱词：南院门赛

1911 年，西安城里的私家园林，树木葱郁，亭台阁榭，山水石桥，古朴天然，壮美大气

西安开元寺

清末，陕西集市上行卜算卦先生

清末，陕西集市上卖甘蔗小商贩

清末新年的初一，人们都早早起来，穿上漂亮的衣服，打扮得整整齐齐，出门走亲访友，相互拜年，恭祝来年大吉大利

1904 年，意大利神父南怀谦和汉中传教士

清末，陕北传教士坐马车外出传教

1910 年，彬州城外道路上的马车——当时人们出远门的主要交通工具之一

初冬，西安人挑煤回家，以供烧炕取暖

1933 年，西安鼓楼前大街上的人力车，那时候也叫黄包车

清末过年时，晚辈都要先给长辈拜年，祝长辈长寿健康，长辈可将事先准备好的压岁钱发给晚辈

1936 年，西安街道上人们好奇地围观着小汽车

1937 年，《西北文化报》刊登的西安阿房宫大戏院电影广告

1932 年，西安阿房宫大戏院门前

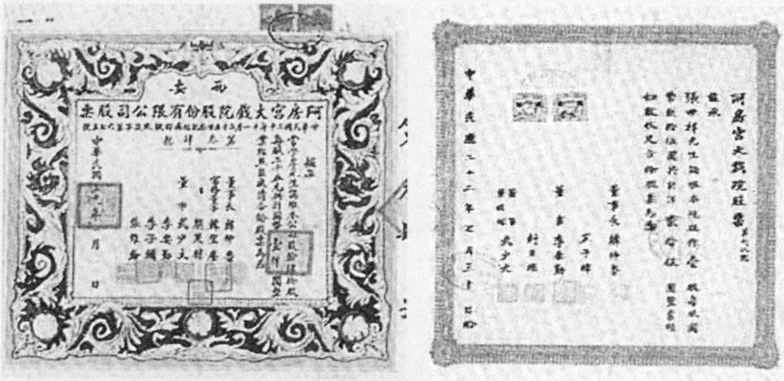

1942 年，西安阿房宫大戏院股份有限公司股票

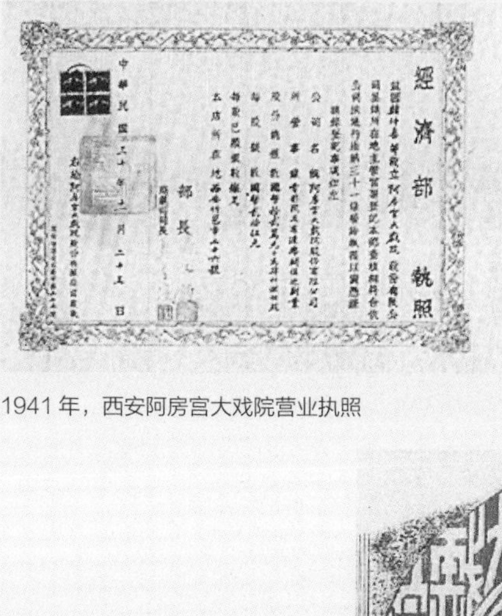

1941 年，西安阿房宫大戏院营业执照

1932 年，西安阿房宫大戏院开幕仪式入场券

1933 年，西安欧亚航空公司邮政飞机

1938 年的女空乘人员在飞机前

1935 年的西安城墙

1935 年，从西安钟楼远望西安南门情景

1936 年，西安南门附近繁荣的市场

上海，商行林立一条街，三友公司卖绸缎，美孚石油来垄断，金店银号老凤祥，穿鞋戴帽鸿安坊，亨得利卖钟表，“世界”“五洲”西药房……说这段唱词的老者们其中最大八十余岁，他原是西门瓮城的拉水车夫，西安城区大部分地下水或苦或咸，唯有西门瓮城之内四眼大井甘甜爽口。他向我提说了另外一件事：大约是一九三九年吧，他推着特制的水车，即正中一个大轮，两侧木架上放置水桶四个，水桶直径一尺，高二尺，上有小孔，用以灌水倒水，又有小耳子两个，便于搬动，在瓮城装了水车唱唱嗬嗬要到南院门去卖，南院门却就戒严了，说是蒋介石在那里视察。他把水车存放在一家熟人门口，就跟着人群也往南院门看热闹，当然他是近不了蒋介石的身的，先是站在一家茶社门口的棋摊子前，后来当兵的赶棋摊子，他随着下棋人又到了茶社，下棋的照常在茶社下棋，他趴在二楼窗子上到底是见了一下蒋介石，并不断听到消息，说是胡宗南为了显示自己政绩，弄虚作假，让店行的老板都亲临柜台迎宾服务，橱窗里又挂上一尺宽三尺高的蒋的肖像。蒋到了老凤祥，看一枚明代宫廷首饰“钗朵”，顺口问：“西安黄金什么价？”蒋介石身后的胡宗南忙暗中竖起右手食指和中指，遂又弯成钩形，店老板便回答：“二百九。”其实西安的黄金价已涨到每两四百元。从老凤祥出来，蒋介石这家进那家出，问了火柴又问盐，问了石油又问布，石油已涨成一元二三一斤，但仅被报成七角。

在南院门居住，生活是确实方便的，这里除了没有火葬场，别的设施应有尽有。所谓的南院，是光绪十四年陕西巡抚部院由鼓楼北移驻过来的称号，民国以后又都为陕西省议会、国民党省党部、西安行营占驻，一直为西安的政治中心。一九二六年，南院西侧的箭道开辟了小百货市场，面粉巷、五味什字、马坊门、正学街、广济街、竹笆市，集中了全城所有的老字号。竹笆市早在明代就是竹器作坊集中地，至今仍家家编卖竹床、竹椅、竹帘、竹笼之类。涝巷是传统的书画装裱、纸扎、棚坊、剪刀五金等工艺作坊区，三家五家地在门面或摊点上出售传统小吃如杏仁油茶、粉蒸肉、甑糕、枣末糊、炒荞粉。克利西服店是洋服专卖店，那个长脖子、喉结硕大的师傅裁缝手艺属西北第一，给胡宗南做过服装，给从延安来的周恩来也做过服装。老樊家的腊汁肉，老韩家的挂粉汤圆，老何家的“春发生”葫芦头泡馍，王记粉汤羊血都在涝巷外的正街上，辣面店香油坊卖的是最纯正的陕西线线辣面和关中芝麻香油。马坊门的鸿安祥是专卖名牌的鞋店，正学街有家笔店，印石版，篆刻图章，制作徽章。广场的甬道里有西安最早的新式制革厂，有一摆儿卖香粉、雪花膏、生发油、花露水的“摩登商店”，

樊家腊汁肉
義茂春
樊家腊汁肉
馳名秦都

二十世纪九十年代的老樊家腊汁肉铺

今日“春发生”泡馍店

有创建于清宣统元年的陕西图书馆，有商务印书馆、中华书局，世界、大东和北新书局分店，有慈禧来西安所接受的但未被返京时带走的贡品陈列所“亮宝楼”。南广济街有广育堂，制配的痧药和杏核眼药颇具声名，更有达仁堂、藻露堂中药店。藻露堂创立于明天启二年，该店名药“培坤丸”，以调经和血补气安胎而声播海内外，日均销售额二百银元。每年春节这里都办灯市，可谓是万头攒动，水泄不通，浮于半空的巨大声浪立于钟楼也能听见。正月十五前后的三天晚上，灯谜大会自发形成，由南院的正街、广场一直延伸到马场门，马场门就有了一家叫“礼泉黄”的算卦小屋，礼泉黄的谜面、谜底是不离经、史、诗文的，有着几根稀黄胡子的屋主肯定是坐在旁边的藤椅上，在人们的啧啧夸赞声里，呼噜噜呼噜噜一锅接一锅地吸水烟。

南院门的衰落是民国十七年以后的事，那时西安建市，市政府把满城区划为新市区，开辟东西南北四条新街，后又是陇海线通车到西安，新市区逐渐发展成新的商业区。一九四九年后随着五十年代中期私营工商业的公私合营和手工业的合作化，一些店铺、作坊合并，有些业主歇业、改行、迁走，南院门就再也不可能回复往昔的热闹了。它和上海城隍庙、苏州玄妙观的商业街有相似处，但上海城隍庙、苏州

一张在“亮宝楼”前的合影

修筑中的西大街

修成后的西大街

钟楼、鼓楼，西安市区范围内都可看见。而今高楼大厦林立，想看只得近处去寻了

二十世纪初，南院门已形成闹市区，这里聚集着“广东帮”“北京帮”“陕西帮”三大帮派，相互竞争

玄妙观现在依然繁华，而西安南院门已衰败，这是因为它毕竟偏处西安城西南隅而不在旧城中心，再是商业往往依托旅游而发展，它并不是西安的游览热点。现在的南院门街巷名字还是老名字，面目已经全非，尽是崭新的高楼大厦了。当年，我居住时推着架子车咯咯噔噔去拉煤饼的那个煤炭店呢？一下雨水便积起半尺深，用木板堵住门槛，用塑料白布苫住墙头的那保吉巷呢？那长着一棵香椿树，王家老太太每到初春会给我送一把椿芽的四合院呢？每日清早推着三轮车高声吆喝“教场门的饸饹来喽”的麻脸女人呢？那个迟早坐着时眼睛只盯着过往行人脚的钉鞋人身后的木电线杆呢？但是，过去的两种传统小吃的生意却做大起来，“春发生”葫芦头泡馍已盖起了数层大楼，樊家腊汁肉铺也扩大到极豪华的两间大门面，满城的好食者搭了出租车要赶去门口排队。

我第一次来到西安的时候，是十三岁，作为中学生红卫兵串联的，背了粗麻绳捆着的铺盖卷儿，戴着草帽，一看见钟楼就惊骇了，当即草帽掉下来，险些被呼啸而来的汽车碾着。自做了西安市的市民，在城里逛得最多的地方依然是钟楼。我是敬畏声音的，而钟的惊天动地的金属声尤其让我恐惧。钟鼓楼是在许多城市都有的建筑，但中国的任何地方的钟鼓楼皆不如西安的雄伟，晨钟暮鼓已经变成了一句成语，

二十世纪三十年代的钟楼，今日已成为西安繁华的闹市区之一

二十世纪二十年代西安鼓楼前的大街。随着街道的拓宽，两旁的民居店肆也不复存在了

修葺之后的钟楼，这是与西安鼓楼同一时代的明代建筑

1927 年 2 月，杨虎城和广大军民在革命公园公祭围城时死难的军民

革命公园的标志性建筑——革命亭

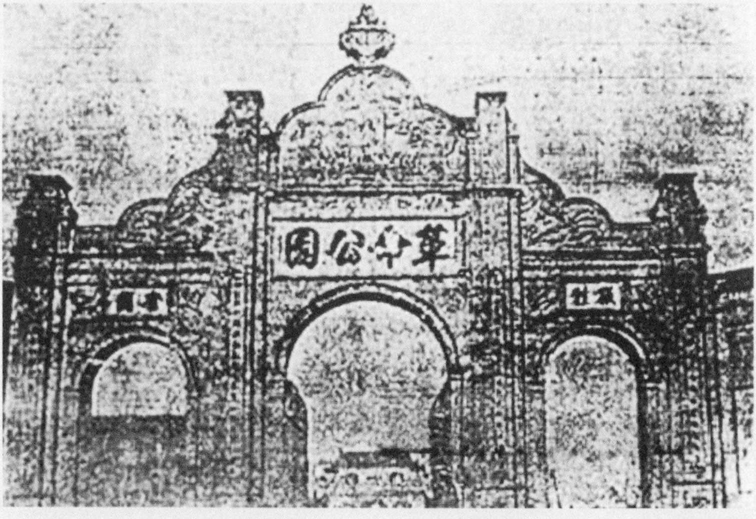

1927 年的革命公园

这里还依然是事实，至今许多外地人一早一晚聚于钟鼓楼广场，要看的是一队古装打扮的人神色庄严地去钟楼上、鼓楼上鸣钟敲鼓，恍惚到了远古的时代。钟楼在西安的中心，西安人讲龙脉，北门出去的北郊塬上就是龙头，现仍叫龙首村的，钟楼正好建在龙的腰上。古时候钟鼓之声响起来情形如何，四座城门的守卒是否关闭城门，来往行人是否立足凝神，不可得知。一位姓章的朋友说过这样的事，他的爷爷在民国初年是个刽子手，那时报时的方式一度是“放午炮”，当然午炮也是在钟楼上放的。他常常执行犯人必须在午炮前就临刑场，单等了午炮轰然一响，噙一口酒“噗”地喷向犯人，刀起头落，然后那没了脑袋的身子从肚脐往上聚一个包，包渐渐涌上，断颈就猛地冲上一股血来。

以放炮而报时，这也只有西安人能这么干了。西安虽是帝王之都，但毕竟地处西北，气候干燥，冬天冻得要死，夏天热得要命，一年四季其实只有两季，刚刚脱下棉袄，没过几天街上就有人穿单衫了。这样的地理环境，产生了秦嬴政的“虎狼之师”，产生了味道最辣的线线辣子和紫皮独瓣蒜，产生了最暴烈的“西凤酒”，产生了音韵中少三声多四声最生、冷、硬、倔的语音和这种语音衍义成的秦腔戏曲。在大小的饭馆里，随处可以看到一帮人有凳子不坐而蹴于其上，提裤腿，挽袖子，面前放着“西凤酒”，下酒的菜是生辣子里撒着盐，而海碗里的一指宽如腰带的长面，辣油汪红，手掌里还捏着一疙瘩紫皮大蒜，他们吃喝得满头大缸冒气，兴起了咧开大嘴就来一段秦腔。西安人的生、冷、硬、倔使他们缺少应付和周旋的能力而常常吃亏，但执着和坚韧却往往完成了外人难以完成的物事。二十世纪二十年代“西安围城”之役就正好体现了这一点。

一九二六年的春天，军阀刘镇华在吴佩孚的支持下，又勾结了阎锡山以及陕南、陇东、陇南的镇守使，率十万兵力攻打西安。守住西安，对于策应广东革命政府的北伐有着十分重要的战略意义，但守城的军队仅有杨虎城、李虎臣、卫定一三部近万人。一万对十万，相持了八个月，这是何等的艰难！刘镇华攻不开城，就企图围死城，沿城周挖壕七十华里，壕后筑土墙，架设大炮隔绝内外，又纵火烧毁城外十万亩麦田。城中粮食短缺，斗粟百元，后到有价无市，军民挖野菜、剥树皮、餐油渣、咽糠麸，进而煮皮带、吃药材、屠狗杀马、挖鼠罗雀，甚或食死尸。有两段文字，是亲历围城之役的人写的：

城中死尸，到处可见，收埋稍迟，则犬来啮之，甚至有饿至难忍，假寐道旁而群犬亦向之咧牙者。余在端履门见一

1930 年，西安各界在革命公园举行大会，纪念坚守西安胜利四周年

堅守西安是表現奮鬥的到底精神
擁護徹底革命的楊主席

饿倒老妪，尚未绝气，群犬即围而争食。细观老人，若欲格之而无力格之，然待余飞身赶到从事驱逐，而老人之一臂一足已为群犬咬断，多已去也。

十一月十二日，风雪连天，白昼若晦，全城几断人影，是日遂以死两千人传矣。越日，余往各处视之，见屋檐之下，倒毙无数，大道之中，横陈多尸。披乱麻布者有焉，拥旧棉絮者有焉，穿破夹衣者有焉，此服色之不一也。有口含油渣而尚未咽下者，有突然倒地作欲起之势者，有若彼此互抱而取暖者，有蜷曲于乱草之中，状若安睡者，此死相之不一也。其中男子最多，妇人最少，老者最多，幼者最少，劳工最多，他界最少，此人色之不一也。余观至此，几疑此身已入饿鬼地狱中。

即使如此，西安人仍未屈服，八个月后，击败了刘镇华，护城成功。成功后，在北新街空旷地上挖下大坑，葬埋了遗散在城内各处无人收埋的死难者万具尸骨，并在大冢上修起纪念馆，杨虎城以沉痛心情写了一副挽联：

生也千古死也千古；

功满三秦怨满三秦。

城西南角有个地方叫双仁府，再往南而又西的小巷叫火药局，之所以叫火药局是因为旧时制造过枪弹。小巷是一道坡，铺有青石，巷口堆卧着一对巨大的石狮，能想象石狮后曾是实枪荷弹地站着过兵卒的。星期天，因我在一个熟人家获得一个精致的蛐蛐罐儿，来城墙根寻蛐蛐，我们踏过了小巷，在那巷外的一大片荒蒿地里转悠。蒿草半人多高，无风，一派蛐蛐繁嚣，跺跺脚，合声就住了，刚一移步，鸣声又起，但却无论如何也捉不到一只的。忽然见城墙根处一丛蒿草摇曳，甚觉奇怪，近去了，扫兴的是一对男女在那里坐地，忙避身走开，一边想爱情是不怕黑不怕旷也不怕脏的，一边竟发现那城墙的土壁上有无数的小洞眼儿，而洞眼儿里都钻有弹头！进巷的时候，一个老太太指点说那蒿草地原是试枪打靶场，没想弹头会有这么多，是清时的兵卒在这里试射的呢，还是杨虎城的将士的遗作？捧着满满的一掬出来给巷子里的人看，他们并不稀罕，指点着一所院子，说先前那屋顶上就站有岗，什么样的武器家伙都有。问：这是什么人的院子？答：李虎臣的家。我遂肃然起敬，想起了西安围城之役的往事，趴在锁着的院门口向里张望，虽什么也未看到，回家却画了一幅画。画的是一个破烂的窗户，窗户外的墙上左右爬着两只壁虎，题写了“二虎守长安”。

1936 年 10 月，张学良、杨虎城陪同蒋介石游览兴平县茂陵

1936 年 10 月 22 日，张学良、杨虎城陪同蒋介石在西安视察部队

1946 年，胡宗南在骊山虎斑石下修建的“蒙难亭”，后改名“复兴亭”，今为“兵谏亭”

著名的西安事变发起人之一仍是杨虎城！可以说，全城死去四万人守护八个月的只有在西安发生，而敢以地方军的身份把蒋介石抓起来，也只有陕西人能参与。临潼的骊山我去过多次，在捉拿蒋介石的石崖上总能想见人在危急时的能量，那么至尊的蒋委员长听到枪响后大冬夜里穿件睡衣赤脚能跑上山，又能从石崖的一个窄缝中爬过去！但我更想到的是杨虎城的胆量，以他的地位和兵力，若是别人，见了蒋介石粗气也不敢出，何况他与张学良相比，又算个“粗人”。张不但喜爱骑射，且有驾机遨游的嗜好，曾驾机飞越秦岭到汉中与孙蔚如军长共进早餐，再驾机去重庆办事，又驾机往洛阳会友，然后飞返西安，何等的倜傥潇洒。杨虎城凭的什么呢？喝烧酒，吃羊肉泡馍，吼秦腔，一副厚重憨朴之相，就凭的是铮铮的民族气节，凭的是陕西人的豪胆，不干就伏低做小，要干就破釜沉舟。据民间传说，在兵变过程中，杨虎城也是怀疑过张学良的坚决性的，他也曾主张过杀掉蒋介石，只是在共产党的力主下，他顾全了大局，和平解决了西安事变，但等得知张学良亲自护送蒋介石离开西安后，他捶胸顿足，知道张学良走错了一步棋，也清楚了自己将要面临的命运，数日里沉默不语，关门不出。

一代宗师吴宓论说过陕西人的性格特征：倔、犟、硬、碰。杨虎城在西安围城之役和西安事变中都是给自己做了棺材，向家人和部下做了后事安排的，围城之役中他枪毙了力主投降的大绅士褚小毖，年迈老母在老家生命危急时，他下令凡是有关他母亲的消息，任何人不得向他报告，违者杀无赦。在动员会上他流泪表示：我不是要大家战死而我独生，我已下定决心，城破之日我就自杀于钟楼底下，以谢大家，以谢人民！他生前曾自我评价，一生只做过三件事：一是十八岁时杀了蒲城县的大恶霸李桢，为蒲城人民除了一害；二是守住了西安，把孙中山的民主革命在陕坚持到底；三是和张学良发动西安事变，达到了“停止内战，一致抗日”的目的。他阻止部下谈他的“五马长枪”，“五马长枪”是西安的土话，指出五关斩六将之类的光辉业绩，但西安人至今民间流传最多的仍是他的五马长枪。

西安的东门里城根一带，历来是有个露水市，也称鬼市的，即天微明开市，太阳出来散市，集市上买卖破旧杂物，专为下层人开的。鬼市现在还依然，二十世纪八十年代初，我去那里买过一个自行车旧轮胎。后来听说鬼市成了小偷们的赃物出售地，常发生黑吃黑现象，更有公安人员在那里卧底缉拿罪犯，我胆小，就不敢去了。一日被朋友怂恿，说是可以看到社会底层各色人等，便黎明六点赶到那里，天麻麻亮，城墙根下已有了些许人，或蹲或立，窃窃私语，其状若鬼，忽有人疾步奔跑，遂有十多人极快地将面前物件装入麻袋扛了也跑，不知发生了什么事故，吓得我们再不敢近去，拐进一个巷子走掉了。西安还有两个好的去处，我倒是那里的常客，一处是八仙庵，一处是朱雀南路的旧货市场。八仙庵是座道观，香火是极其盛的，每月初一和十五，城里上些年纪的老户妇人就抱了孙子要去庵里烧香磕头，万人簇拥，当然就兴旺了香火纸裱鞭炮生意，热闹了小吃摊点，集中了课命卜卦之流，不可思议地竟有一条街红火着古董买卖。书院门街上是固定的文物古董市场，不知是那里门面已无法再扩增还是出售书画赝品太多坏了声名，反正是朱雀南路口就开辟了新的旧货市场。我在八仙庵买到了一沓旧时照片，在朱雀南路口旧货市场买到了十多张未署名的写生画，意外的收获使我兴奋了许久。旧照片是关于西安在民国十八年饥馑中一些赈灾内容的，尤其是那些饿死街头的灾民相片，令人惨不忍睹；而写生画则是一位谁也无法知道姓名的画家在街头的风情速写，正是这些偶尔得来的资料使我触摸到二十世纪世纪之初西安的模样而唏嘘不已。

民国十八年，陕西遭了大旱，其严重程度在国内以及世界的历史上都是罕见，据呈报南京政府的文件显示：全省

西安八仙庵山门。透过门洞你能看见，里面正在交易啥？是香烛或是古玩

八仙庵在唐兴庆宫的遗址上，宋成道观，历代不绝。光绪年间，慈禧太后西行避难曾住于此，又给钱，又题匾，热闹一时

二百万人饿死，二百万人流离失所，八百多万人以树皮、草根、观音土苟延生命。南京政府成立了“全国赈灾委员会”，派视察团到陕，其视察团某成员日记记载：第一天前往西安的西北二乡，东菜园、含元殿、二府庄、大白杨、西十里铺，车子行驶不到五分钟，便见路旁饿死的有十余具尸体，苍蝇营聚，白蛆咕涌。再往前行，更有奇臭刺鼻，停车见三十米外有一大坑，坑中塞满尸体，且不远处正有人用木板车和绳索拉扯往这里运死人。坑是天然的大涝池，已无水，尸体几乎填高至坑沿，有人踏着尸体过去拣扒衣服。午后再去了孙家湾、坑底寨，所有田地荒芜，蓬蒿没胫，不时发现破烂衣服与零乱骸骨。入其村，屋多泥门堵窗，无人居住。饿毙者先后相继，多至绝户，村人埋不胜埋，只泥堵其窗户，希图苟安于一时。那时赈灾，西安设立了妇孺收容所，又设了施粥厂，由赈务会发给受赈者食粥票，填明街巷及姓名，并照票据上的姓名造册留给粥厂存查。粥多为霉米，稀可见影又石子硌牙，但施粥时，检票员站在粥厂入口，验明饥者所持的食粥票，并核对与本厂底册无异，再发给一个竹签，然后排队入厂内，每人一满勺。翻阅这些照片和有关资料，我实在不忍提起这段往事。西安人至今有两大忌讳：一是不说“出玉祥门”，玉祥门是西安围城之役冯玉祥领兵解围时所新开的一道城门，而此城门外在二十世纪四十年代为国民党西安当局枪决犯人的刑场；二就是不愿提说民国十八年。

经过了民国十五年的围城战争，又经过了民国十八年的饥馑，西安是元气大伤，越发不敢谈繁华之地，十多年后艰艰难难缓过劲来，愣神一望，北京、上海、南京、广州是了何等派头，而自己只是更多着农村的气息。这，也就是我在那一堆写生画里看到的情景。我的两个朋友，都是旧时西安城中的豪门后代。一个朋友讲，他那时还小，出门却是坐车坐轿，前后随着四个卫兵的，他推过牌九，吸过鸦片，到翠红楼上去窥视过妓女，在饭馆里聚众砸椅桌，是有名的“十大恶少”之一。“但我后来革命了。”他说，街上有了游行队伍，反饥饿，反内战，他每日一听到街上有动静就往出跑，而父亲在家他是不敢动的，父亲午休起来照例得喝茶，茶毕则和新娶的姨娘在后花园习剑健身，一等门口汽车的喇叭响，父亲戴了礼帽出去了，他就将藏在屋角的三角小旗子拿上往街上去。另一个朋友是位女士，年龄更小，她讲她的母亲是上海人，是父亲在上海做生意娶来的，父亲是传统的治家方法，从小要求她的大姐笑不露齿，行不动裙，竟在大姐的裙边缀上小铃铛，若大姐走路疯张，响了铃铛，就呵斥不已。而母亲却受的洋式教育，能诗能画尤喜弹琴，每日必要上街看电影，

1927 年 5 月，冯玉祥在西安就任国民革命军第二集团军总司令。他的这身装束，使他在民间口碑甚好

夫妇少不得吵架，最后离婚。“你看，你看这把琴！”她搬出一把古琴，上面刻着秀丽的三个字：张一白。这是她母亲用过的，母亲离家时她一岁半，但母亲决然地走了，据说她嫁给了一个金融家，后来定居在香港了。各个家庭有各个家庭难念的一本经，大户人家的故事在西安毕竟知之甚少，大多的市民还只是为生计忙忙。一圈的城墙外，护城河里日夜流着臭水，一早一晚风把热腾腾的酸臭味吹遍各街各巷，尤其夏季，刺鼻的蒜薹味经久不散，香囊是稍有讲究的夫人和小姐出门必备之物。进了南城门子，没有一幢高出城墙的建筑，楼垛上栖落了成群的乌鸦，将粪便白花花拉淋在墙砖上和箭楼梁柱上，天一擦黑就呱呱呱地聒叫不已。更有些猫头鹰，大白天里泥疙瘩一般蹲在城墙垛头、钟鼓楼屋脊或城河边的榆树丫上，谁也不敢打的，打了据说遭殃，看见只能仰天呸呸吐几口唾沫，这如同街上张贴的处决犯人的布告，碰见了就撕下那朱笔勾就的红钩，带回家可以避邪。猫头鹰在夜里一叫，听到的莫不心跳肉颤，很肯定，第二天必是某一街巷的什么人家死了人。死了人的奠祭就在门首挂纸把，芦席搭了灵堂在院里，请乐班吹吹打打，整夜里唱孝歌。孝歌里有这样一句“人活在世上有什么好，说死了他就真死了”，唱得一条街巷的人都心里发酸。大人们死了，两天三天后就用木板车拉着白木棺材在孝子贤孙的哭号中去城外的郊野埋葬了，而那些出生未满周岁的小儿夭折了，则是用破布或乱草包裹装于竹筐，放在门外，掏钱让那些“闲人”带出城去处理。西安至今有一个很著名的词：闲人，指那些浪荡于街头上的无所事事的人，但“闲人”的起源却是一种职业，即当年穿着白底皂面深帮鞋，光着头，披着件白布褂，肩头上扛了一把铁锨，专门做收埋死婴的勾当。

据史料记载，二十世纪三十年代以前，西安是特别冷，往往农历十月搭初就下雪，撕棉裂絮一般，街上积雪一尺多厚。整个冬季，地面冻得裂缝，砖瓦有的冻酥，“糟糕”二字，被当时报刊上频频使用，都是形容冻酥的砖瓦的。房檐上悬吊一尺多长的冰凌坠子，那是普遍的景色，坑坑洼洼的街路上，木轮的、胶皮轮大车时不时就碾扁了那些冻死的麻雀和老鼠，竟然都是无血。人人都讲究穿羊毛、狗毛袍子，戴耳套，蹬深腰棉窝窝，下层人的双手是要劳动的，手套当然要有，但手套只套住手腕和手背，五指是裸露的。富裕人家在家喝酒，酒得装在铜酒壶里于火盆上温热，现在土话里有一句“一壶酒冷喝了”，形容一件事办得不体面不畅心，就是从那时产生的。

九月份，居民们就要准备着过冬做饭和取暖的山柴、烟煤和蓝炭了。南院门东头的德福巷是最大的木炭市场。终南山下来的炭民，两鬓苍苍十指黑，在那里要待很久时间，却舍不得烤炭，常烧茄子秆和辣椒水泡手脚上的冻疮和血裂。差不多的四合院里，台阶上都是一摞两捆地堆着山柴，人与人见面，第一句问过“吃罢了没？”第二句就要说：“炉子盘了？”街上有专门盘炉的手艺人，马场门和牛市巷则有专售炉灶。用马口铁石油方桶内外涂泥制作的炉可以烧煤饼或蓝炭，铜盆可以架明火，还有大脚炉、袖炉，用的是白铜，亮泽如银，遍体刻花。炕是任何贫家和富户都少不了的，只是富户的炕上铺毡垫褥，重要客人来了，招呼上炕去吸几口大烟土，贫家的则讲究炕沿上镶一块光洁出油的柏木板，亲朋好友来了就脱鞋上炕，去人忙喊：快去买子啊，把炕煨热噢！（子是晒干的马粪或柴火碎末，街上有出售的。）如果炕烧得并不热，就在被窝里塞个“汤婆子”，那种铜制的能灌了开水的女人形东西。炕角当然有一尊石刻的狮子或老虎，若客人携了小儿来，一根红丝绳一头拴了石狮、石虎，一头拴在小儿腰间，大人再说话，小儿也不会掉下炕去。

太阳出来了，街上避风的墙根就必然有一堆堆人晒暖暖。有钱的主儿从街上走过，长袍马褂的衣领处、袖口、马褂边暴露了炫白的羊羔九曲细绒。时髦的人有一条宽而长的围巾一头垂在前胸，一头搭于后背。店铺里的相公、伙计们依然立柜台内，一边跺脚哈气地拨响着算盘珠子，一边朝门外看缩着脖子仍叫卖不已的甑糕摊、羊血摊和卖针头线脑帽子围脖的货郎担。剃头匠的挑子真正是扁担两头翘，极夸张地往上翘，几乎成一张弓，可能是源于满人入关要求汉人剃发而不剃发者就割头的遗风，挑子一头是冷凳子一头是洗头烧水的热炉子，炉子前还是高竖一个木杆的，但木杆上已不再挂人头，是系一束红布条。大轱辘胶轮马车定时从北载客进城了，车夫的胡子上是一层热气哈出来又冻成的冰花碴碴，他在馄饨店里吃了两碗馄饨，又叮咛店伙计在天擦黑前将一碗不放胡椒的馄饨送到保吉巷的某某号去。伙计不免笑道："又给王姑娘啊？！"王姑娘其实是保吉巷里最老最丑的妓女，老车夫脸并不红，一边走一边说老了老了还能干个啥，图着夜里暖暖脚嘛，头也不回地走了。冬天里，妓女的营生也是惨淡的，只有商界的军政界的有头脸的大人们才是包着开元寺妓院的几个苏州扬州的姐儿，而其他的妓女大多都闲置着，保吉巷的鸭子坑的下等娼妓就只有车夫挑夫和小贩去光顾了，便宜到一碗热馄饨即可。

我在芦荡巷的一个大杂院里采访过一个老得已走不动的人。他在解放前是个货郎，主要在教场门、酒金桥一带串巷，他没有多少文化，却无意间说出了两句当年说过的词儿：“拨浪鼓，响连天，媳妇女子一大串；过了桥，心里想，家里还有咱婆娘。”我觉得这词儿艺术性非常高，记录了他卖货时见到那么多女人，自然心里有许多想法，可走过了洒金桥那个地方要回家去了，心里就也只有自己的那个黄脸婆娘了。

漫长的冬季里，或许是孩子们最快活的。他们可以在街巷打雪仗，拿弹弓瞄准谁家屋檐上的冰凌坠子，用砖块和烂草堵谁家的炕烟囱，手脚已冻得裂口出血，头上却出了汗，卸掉了帽子，露出了马鬃头、笼系头、连毛头。城里孩子的发型和乡下孩子的发型没有差别，额头上都留长方形一块头发垂至额前，脑后也留一撮如雀尾头发，头顶又有从前至后的一绺头发，前连了刘海儿后连了雀尾。而系在脖子上的铁项圈和铁项圈下挂着的八卦钱和二十四象铜钱，就晃荡不已，叮当不已。在餐具上，中国人使用筷子，西洋人使用铁叉，有人认为历史上外国人侵略中国，光从他们以金属做餐具就看出他们的强大，而外省人的小儿脖子上一般佩戴红缰绳的，陕西的小儿却佩戴铁项圈，你可以认为是强悍，也可以说憨蠢，因为如囚徒。孩子们玩得疯狂了，要跑很远的路去西城门的骆驼巷去看热闹。甘肃、宁夏、青海的商人穿着没有上面子的老羊皮袍子，牵着几十头骆驼来贩青盐了，他们搭起了帐篷歇脚，骆驼就跪卧在帐篷外，孩子们感兴趣的并不是帐篷里男人们用大碗喝酒时女人站在那里唱“花儿”，也不是骆驼跑开来从后看去拙笨滑稽，而是这些高脚牲口卧下来竟嘴上套个布袋在嚼草料。

陕西是内陆省份，一般人是没有见过海的，陕北沙漠地带的人将小小湖泊就称作了海。当然，西安人也要将海字理解为大，说到谁的官大就是“他把官做海咧”。大的碗也叫作海碗。所有的羊肉泡馍馆和面馆，使用的都是海碗。西安南大街就有一家耀州海碗店，门面上刻着一副对联：人生惟有读书好；世间莫如吃饭难。

秦朝时，李斯在西安统一了全国的文字，也规定了以秦的话语为国内通行话语，但当一九四九年中华人民共和国颁布实施了普通话，西安话却被沦为最难听的口音。原本同是北方语系的西安人按理较为容易讲普通话的，但西安人讲普通话显得非常艰难，这原因一方面是西安话去声多，咬字硬、重、浊，另一个原因是它的自大性和保守性作祟。普通话是普通人的话，西安人常常这么解释不说普通话的理由。可是，抛开它的保守性的弊病，这种保守却使西安话将中国上古语言在民间较多地保留了下来。我曾收集过相当多的属于上古语言的当今西安土话，总结出了其动词最多，又常常将一些现今流行的成语、词汇还原到原本含义的特点，使我的写作受益匪浅。我的文学创作使用的语言曾使许多外地人认为古文的功底深厚，其实是过奖和不了解，我仅是掌握了西安语言的特点而从民间话语中汲取一些东西罢了。现在，外省人对西安人最突出的印象是西安人把“我”念作“恶”，狠劲劲的，殊不知在西安的一些传统面食店里，门口支了床一样的大案用大钢铡刀切面，店屋正墙上写一个斗大的“咥”字，“咥”为古语，是吃的意思，但吃得凶猛。还有一种面馆，挂的招牌上是“𰻞”字，如武则天造“曌”字，神秘而蛮横霸道。

我在这个城市生活了将近三十年，为之得意的是我在这样一座古意浓厚的城里从事着我的写作，虽然孱弱单薄，但每每一月半载了就去登临城头，沿着南城门外走走，便气势上身，自我的感觉里也俨然成了大人物。但我必然地也滋生了西安人不合时宜的毛病，比如讷言，有言则生硬，更甚者是张狂时最张狂，自卑时又最自卑。留给当今可供翻阅的史书和壁画里，唐长安城万邦来朝，生活在城里的平民百姓人高马大，宽衣松带，对待那些蓝目赤发的外国人并没有围观与惊羡，并且疑惑洋人走路腿直是不是没有长膝盖，更嘲笑他们的粗糙皮肤和恶心的狐臭味。即使文人士子如李白者，仰天大笑，醉卧酒市，连天子呼来也不上朝。在汉长安，年轻的霍去病向西征战，所向披靡，将皇帝赐赏的酒倒在泉井则让将士痛饮，那种场面是何等令人热血翻腾，心扉鼓荡！面对着普遍能收集到的那些汉时石匠、泥瓦匠，用锤子、凿子刻成的门墩、石狮，用泥土烧制盛水装米的罐子，我们有资格也有理由去戏谑明清以降的景泰蓝、鼻烟壶和蛐蛐罐。每每在京津的公园里看见一群一群老妇人插花抹粉，手摇彩扇跳舞健身时，我就想到霍去病墓前的人与兽的那块石雕，在汉代，长安城里的人健身常有人用与熊格斗的方式，而如今西安普通人家的床头不仅有拴小儿的石狮、石虎，更多的是做布老虎为小儿的枕头，从小使孩子与虎同在。在常熟市的破山寺旁，我见到过许多旧石狮，皆雕得一派媚态，就觉得西安城里的石狮太威武了，连那些常见的拴马桩，顶端上的鹰犬雕饰也凶猛可惧。我在月明星稀的夜晚沿流光溢彩的秦淮河走过，也曾参观了京沪动物园中的所谓国宝大熊猫，涌上心头的却总是西安城北日夜奔涌的古铜汁一般的渭水和汗血马。试想想，当姜太公在渭河岸头直钩钓鱼，高呼“愿者上钩”；当周文王求婚于金水畔，民众传唱“关关雎鸠，在河之洲，窈窕淑女，君子好逑”；当秦始皇统一了中国，得知金陵之地有王气而派去囚徒掘断那里山脉；当汉武帝在西域修建行宫，了解到负责修建的官员贪污巨款偷工减料而将其剥皮蒙鼓悬挂于城门洞上示警；是武则天可以令牡丹在寒冬里一夜开放，并能将她的坟墓造成仰面躺着的女人形状；是雷荀公敢于三次力荐苏洵父子三人使旷世的天才震动朝野……这些，凡是西安人没有不引以自豪的。明清以后，西安的衰败以至于到现在西安仍属于边城的地位，西安人之所以竭力要振兴，辉煌的历史在支撑着他们的心劲。但是，正如英国人看不起美国人而又不得不事事附庸了美国人一样，西安人将历史说得太多就露出了阿 Q 的秉性。当年全国学大寨，西安人包括整个陕西派代表是去了大寨参观，骨子里并不以大寨为然，以至于连陈永贵也批评说："老陕爱参观，参观回去不动弹。"改革开放后，当陕西在政治、经济、文化诸多方面远远落后于国内别的省份，陕西人是蔫了，他们在国内的各方面会议上都只能坐在会场的后排和角落，听任北京的、上海的、广州的人夸夸其谈。口讷是有遗传基因的，而衰败使陕西人有口也说不起话。多少年来，陕西人在思考着落后的原因，西安也不知开过了多少研讨会，将重振汉唐雄风的口号喊得震天响，但西安仍未能坐拥西北，雄视天下。我曾经写过文章，提出过我的观点，认为西安和陕西在今日之滞后的原因有六：水源缺乏必然会影响到城市的发展和繁荣，西域的历史上的三十六国消亡就是断水而被沙漠淹没的。古长安城曾是八水环绕，如今除泾水、渭水还可以外，其余六水不是干涸便是流量骤减，竟然城市食用水也发生枯竭，不得不从太白山下的黑河里修渠引水，这是其一。交通是经济发展血脉所在，陕西原本属内陆省份，公路铁路交通不畅，虽近些年以西安为中心东西南北开始有了通道，但仍未辐射成网络，直接影响着外商投资环境，这是其二。国内的政治、经济、文化中心的北去东移潜意识影响着西安和陕西人的心态，这是其三。以上三个原因使明清以后外国势力未能侵入，在当时当然是一种幸事，而从另一个角度讲也缺乏了先进的商业意识，这是其四。沉重的历史包袱，制约了想象力和创造性，这是其五。关中平原的富饶使民性中滋生了懒惰和历代游牧民族与难民的进入，而游牧民族仅满足于小生意，难民又多乏于温饱之后的进取且性格中多散漫、破坏成分，没有形成大生产的传统，这是其六。中国是有“三长”的：长江、长城、长安，长安虽然能长久地安康，可这种长久之安逐渐地销蚀了它的生气。我们常说，任何外来的东西到了中国，最后都是被中国同化了，西安正是最典型的体现，从一九四九年以后历来的政治运动中，陕西以至西安始终未有什么典型可提供给全国的，或许错误的东西它执行得慢未受到大的祸害，而正确的东西它依然疲沓对待则失去了一次

1907 年，西安府灞桥上的古桥与垂柳

又一次机会。西安城可以说年年在扩大，奇怪的现象是那些已成了城区的那些没了土地仍是农民户口的众多人群接受新鲜事物特别迟钝，许多时兴东西从京津沪粤传到西安城城圈内，先是传到陕南陕北县城，然后再传回西安城郊，至今这些地方封建意识浓厚，如新媳妇仍要在婚后多少年每日必到公公婆婆屋中去倒尿盆，令人大惑难解。过去西安有八大景，说到雁塔钟声呀，灞柳风雪呀，曲江流觞呀，但很少传播开，倒是陕西八大怪却在西安问谁谁也能说，比如面条像裤带呀，锅盔像锅盖呀，辣子当做菜呀，房子一边盖呀，凳子不坐蹴起来呀。西安流行着一首谣词，可能是外省人给陕西人编的，陕西人没有恼，反而得意，我头回听这谣词是在一家面馆，一位黑胖子大声向老板要油泼辣子，然后念道："八百里秦川尘土飞扬，三千万人民吼叫秦腔，来一碗面条喜气洋洋，没有辣子嘟嘟囔囔。"舌头舔了一下宽厚的嘴唇，样子颇得意。

还可以再说说历史上的事。汉长安城东面北头有个轵道亭，驻了军人专门稽查行人，名将李广有一晚从此经过，在轵道亭当班的霸陵尉因为喝醉了酒突然执法如山，未让李广通过。李广的随从再三说明身份，霸陵尉就是不买账，依规定将李广扣留了一夜。这个李广后来出征，有了皇帝赐给的大权，指名一定要那位霸陵尉随军，一随军便把他杀了。诗人李白得到朝廷赏识时万人敬仰，所有官宦买通酒店老板希望能与之相见，盼的是李白能为自己写一首诗文或在朝廷言一句好话，待到失意，去夜郎流放时竟无人相送，他是能喝酒的，临走时想再喝一次桂花稠酒，东门外“将进酒”酒馆的老板不愿出面，让伙计在酒里兑白水哄他。令“三宫六院无颜色”的杨贵妃在马嵬坡断魂后，唐玄宗逃往川西还在半路上夜闻驿站风铃响有贵妃呼他“三郎”之声而痛不欲生，但长安城里人人只去马嵬坡贵妃坟上抓土回家培花，认为花能开艳，以致将坟丘抓平，抓平了修复又再抓平。司马迁执言仗义受了宫刑，族人并不是现在说的为了怕灭族而改姓，一股在司字旁加一竖成为姓同，一股在马字前增两点成为姓冯，实则是嫌蒙羞耻。荆轲刺秦王，原本秦人该痛恨荆轲的，但秦朝亡后历代将秦始皇骂为暴君，西安城里就为荆轲修墓，且一直能保护下来。而董仲舒的坟墓据说以前倒也修过，但一会说在城南一会说在城北，前几年在一大杂院的厕所坑边发现了董仲舒墓碑，但仍没能为他修起个坟丘来。慈禧逃来西安，何等的国难当头，有个姓施的人却行贿李莲英，企图得道员之职，老佛爷竟说了句：“今蒙尘在外，价可稍廉，然道员之职可擢两司，至少须万余。”一时长安城里卖官鬻爵成风。1947 年，国民党政府要召开“国民代表大会”，西安的头面

马嵬坡杨贵妃墓。墓园十分简朴，但墓主人却留给人们许多美丽的传说

人物展开竞选大战，街头巷尾都贴上了“请投 ××× 一票”，有个姓马的竟雇大卡车拦在街口，大喊：“一张选票一碗羊肉泡！”拉人上车去饭馆。柳青在晚年的时候肺气肿严重，穿对襟褂子，留个光头，吭吭咔咔随时要闭过气去，他挤在公共车里到站时谁也不肯让道，竟从众人的腿下钻爬下车。石鲁在“文革”中被批斗致疯，去肉店排队，别人买肉，他只要苦胆，众人明明知道他是石鲁，却哄笑他，将他推出队列。西安有让西安蒙辱的地方，以致使相当多的杰人俊才在西安的四堵墙内是毛虫小鸡，走出去了却呼风唤雨，成龙变凤。国家改革开放以来，唯西安的各个行当流失的人才最多，曾四处惊呼“孔雀东南飞”。著名的国画大师何海霞在送给石鲁的挽联中就写过：“□□□□□□□，西安生人难养人；哪里黄土不埋人，□□□□□□□。”他最后也出走了北京。

老西安

第三章 斯文之地 灵性之地

科举制度，使陕西并没有出过几个状元，这是事实，可纵观历史，西安的文人和在西安生活过的文人，如果罗列起来，足以作出一部中国的文学史。“雁塔题名”那是唐时流行的成语，那些学子会试中了进士，在雁塔旁的曲江宴饮聚会，公卿豪贵之家也携家偕眷簇拥而来，在新贵中挑选东床，孟郊就写下了“春风得意马蹄疾，一日看尽长安花”。曲江宴后便到雁塔下题名，陕西人白居易更有了“慈恩塔下题名处，十七人中最少年”之句。新进士的得意忘形和风流韵事，姑且不论，但注重文化和全社会对文人的器重，西安却是有深厚的传统的。是西安这块地方易于滋生斯文，还是历代文人汇聚于此地使西安有了灵性，当今的事实是西安的文化氛围要浓于别处的。我到过许多极普通的市民家，多多少少都收藏有古书古画，并数次看到中堂上悬挂“一等人忠臣孝子，两件事读书耕田”“读书是福，开卷有益”的条幅。走遍全国大小城市，手写的风格各异的店铺匾额西安最多，即便那些流动于街头巷尾叫卖的小吃担，如镜糕、笼笼肉、蜂蜜凉粽，担头上晃悠晃悠的一个小木板招牌上也常是集了颜真卿的字或于右任的字。高等院校之多现居于全国第三，随处在一些并不显眼的门洞上可以看到各类少年书法、绘画、声乐、舞蹈培训班的字样。秦腔戏曲的普及是外地人难以想象的，任

1907 年的西安大慈恩寺大雁塔

何娱乐、聚会或乘凉处说唱就唱，且一人唱众人和，而人家遇红白喜事，就请专业剧团的人员来办堂会。专业的业余的作家以及文学爱好者人数众多，凡有文学讲座必是蜂拥而至，若遇名家签名售书，书店门口总是少不了警察来维持秩序，疏散人流。书画学会，书画研究院，多得连书画界的人也搞不清。我听说过一个笑话，说是一次警察抓赌，抓住了几个书法家和画家，警察处罚的办法是上街买了一刀纸，让各人书写绘制十多幅，然后不了了之。我是经历过一件事，是骑自行车过马路时闯了红灯，交警没收了车子并呵斥掏身份证登记，待他看过身份证，竟客气地向我致了一礼，送我穿过了马路，倒弄得我一脸的羞愧。

离西安不远的白水县有个仓颉庙，是中国汉文字产生的地方，仓颉造字的故事竟在西安有各种各样的说法，仓颉庙的石碑拓片甚或寺庙里的任何物事的照片都相当数量地被西安人购买收藏。三年前，南门口西侧的湘子庙街的土墙上出现过一张红色纸条，上面写着："敬惜字纸，善莫大焉。"我觉得奇怪，询问这是谁贴的，什么意思，于是认识了一个老者。我同老者在羊肉泡馍馆里一边掰馍一边交谈，他告诉我他在年轻的时候，西安的寺庙庵观道院都设有铁炉的，每日又派出当值的和尚道人，持钉竿，挑竹筐，走街串巷收捡字纸，然后携回投炉焚化。那时的墙壁上多写着：“文字乃圣人创造，人人皆当敬惜。文人渎污字纸，文曲星降罪，则进学无门，考试不第；常人渎污字纸，则瞽目变愚，捡拾者，功德无量，增福添寿。”西安如此地爱斯文，对于祖先秦始皇嬴政的焚书坑儒又如何对待呢？西安东郊的洪庆堡据说就是坑儒的地方，洪庆就是由洪坑而改音来的，民间就一直有一种说法，即洪庆堡南侧的簸箕沟里活埋过文人，每逢天阴雨湿，冤鬼悲号，世世代代的孩子即使拾柴割草也不到那里。这里失去了文脉，自古以来没有出过名人，从秦至清末仅仅有一个秀才。此话真实性到底有多少，已无法考证，现在应届高考生在高考前特别忌讳去洪庆堡却是事实。

明清之际，西安是出了几个闻名海内的大儒，创办了一座关中书院。现书院已作为街名，书院的一些建筑仍保留在街口。关中书院的大儒叫冯从吾，办学的宗旨以“天地万物一体为度量；出处进退一丝不苟为风操”，评论时局，抨击魏忠贤之流。他每次阐道时，环而聆听者千人之众。天启二年，魏忠贤的权力越来越大，朝内外一些依附魏党的官员献媚取宠，给魏忠贤树碑立传，修建生祠。魏在陕的党羽准备在西安修祠，冯从吾竭力反对，终使他们未能得逞，形成“天下皆建生祠，惟陕西独无”的局面。关中书院成为明清两代

西安书院门的西安师范学校，原为明清关中书院，民国十七年一度成为西北学生运动的摇篮

西安后宰门的陕西省女子师范学校内的礼堂别具一格（今为西安市第八十九中学）

清末，陕西教会女子学校的学生正在学习

清末，陕西私塾先生和学生在一起

1927 年的西安中山学院

1927 年的西安中山大学礼堂

1939 年的国立西北大学

1934 年的国立西北农林专科学校的校舍

杨虎城为西北农林学校专刊题词

陕西的最高学府，不少学者，包括后来的状元王铎和那个赵舒翘都是从这里受教发迹。到了清初，西安另一个大儒出现，这就是李颐，也是在关中书院主讲，倡导“严义利之辨，审出处之宜，忧乐关乎天下，痛痒系乎生民”，对陕西地区人才的培养和社会风气的养成产生了深远的影响。

大儒们经营的经国维世的理学，芸芸众生自有民间文娱。西安洒金桥北口内侧有座安庆寺，寺内殿宇按地势由东向西逐步升高于五座土台之上，由于城南终南山上有南五台，耀县有北五台，这里便称作西五台。西五台有古会，每年的农历六月十七开始，十九结束，古会中有一项重要内容就是长安古乐赛会。老西安的乐社是十分多的，它们并不是什么组织严密的音乐团体，既有宗教性质，更是业余爱好者的自愿组合，这样的赛会便为敬神和自我娱乐和谐的统一。乐社大致分两类：一类是由鼓、铙、锣、钹等打击乐器组成的铜器乐社；一类则是由笙、管、箫、笛等吹奏乐器组成的细乐社。乐谱都是用宋代的俗字记录的，流传演奏着我国古代传统音乐，特别是保留了相当丰富的唐代燕乐遗音。庙会期间，因安庆寺是尼姑住持，会期多售儿童玩具、地方小吃，商贩设摊叫卖，所以城内妇女儿童多来赶会，香火极盛，热闹非凡。这些传统的乐社至今还保留了一些，西安从二十世纪八十年

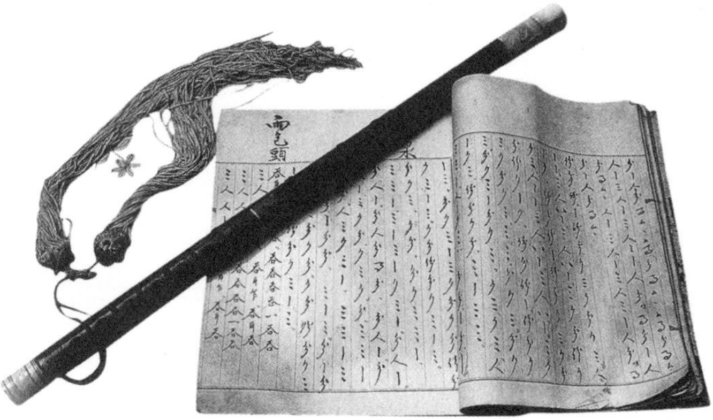

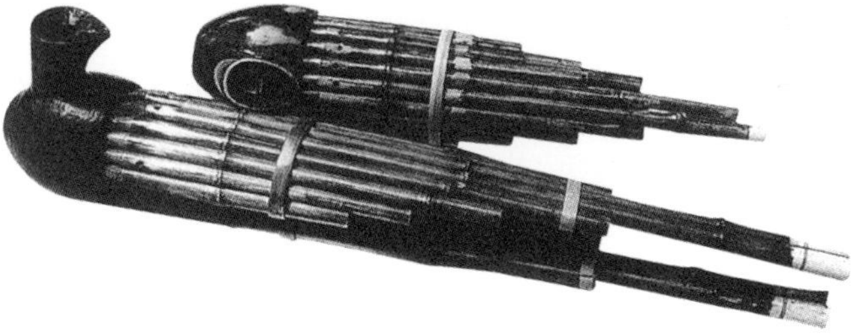

长安县何家营保存的古乐器与古乐谱

代举办起“长安古文化艺术节”，民间乐社演奏的古乐一直是压轴戏，现已作为陕西戏剧中一个剧种的“长安道情”，即是从这些古乐中继承发展而形成的，而已经名扬海外的击打乐节目《鸭子拌嘴》《老虎磨牙》等，也正是从这些古乐中推陈出新创作出来的。如果去长安县何家营村参观“长安鼓乐陈列馆”，就可以看到原在西安市区和市属长安、蓝田、周至等县街道、乡镇、会社和寺观庙宇的鼓乐社使用过的乐器，和这类古乐世代传留的谱本百余册、乐曲四十余种。提起了古乐，我不禁想到了在西安东郊的半坡遗址上发掘出的乐器：埙。埙吹奏出的是土音，刚而浊。可以说，在现今的中国再没有一个城市的乐器店中、旅游货摊上那么普遍地在出售埙。我在《废都》一书中写到埙的时候，国内能吹奏埙的专家并没有几个，当我同几个朋友带着埙夜里登城墙吹奏，城墙下涌集了那么多人倾听，它是那样的浑厚、神秘，有极强的穿透力，以致使一些年幼的少女惊恐而哭。埙的声响最能表达中华民族的性格，最能与西安这座古城氛围相融，如今城内大小文艺晚会上总有埙的演奏，那是拳大的泥葫芦形状，而巨大的埙若水缸，现放置于半坡母系氏族村中的陶山上，却无人能吹动，只等着天风旋来吧。

该提说到象艺了。西安的象棋一直比围棋受到重视和普及，如同北方人崇尚黄金，南方人崇尚珠玉一样，象棋粗犷、激烈和明快是宜于西安人性情的。象棋爱好者可以在家中对局，或街头巷尾聚弈，飞炮跃马的中心场所却都在茶馆，老西安著名的象棋茶馆就数骡马市的毛家茶馆，国民市场东南角的仁义茶社，城东北角的张家茶社和甄家茶馆。清末至一九四九年前，这些茶社门前都摆着一盘枣木棋子，全城名手各在馆中坐镇立擂，四方棋手报名挑战，观者如潮，就悬挂大盘，热闹时躺椅坐完，条凳坐完，数百人不得不手托茶壶站着看棋盘挂棋。这期间出了不少名手，单毛家茶馆坐镇的就有经棋艺群众评出的五虎上将。五虎的头虎叫赵栓柱，平日以卖香烟、瓜子为业，棋风剽悍强劲，威震一时。山西棋雄柴天和打遍西安别的茶馆无敌手，寻上赵栓柱，一战赵胜，二战柴输，柴天和不服，自己买蜡来夜斗，一个通宵下来，柴天和灰头黑脸出了茶馆直去车站返晋，从此不再到西安。但是，赵栓柱因谋生困难，十数年息影象坛，西安群雄无首，各据一方，无人统一江山，到了一九四九年初春，赵栓柱突然出现在毛家茶馆，已是弯腰驼背，满头白发。消息立即传遍全城：头虎出山了！设擂那天，馆内馆外人挤得水泄不通，外层的人看不清棋盘，只听得内层人惊呼声、赞叹声、叫绝声，便见上擂者一个一个败下阵来，直到夜幕降临，再无应战人，

1924 年，鲁迅在易俗社看秦腔表演

鲁迅为西安易俗社题写的“古调独弹”匾额

1907 年的陕西藩台衙门，门楼高大雄伟，工艺精致，两边的旗杆高高耸立

赵栓柱盘脚搭手坐在蒲团上，抚摸着那副玩了半生的枣木棋子，一行老泪潸然而下。待到第二天，众棋迷抬着一面匾来馆中拜他为长安棋圣，老棋手却于头天子夜悄然离城了，而从此下落不明。

到这里，不能不说说秦腔了，说秦腔又怎能避开了易俗社呢？唐玄宗在长安宫廷中时，充分表现了他伟大的戏剧活动家的气质。他爱女人，更爱艺术，不但亲自编排曲舞与杨玉环演艺，更设立了专门训练俗乐乐工的机构，“选坐部使子弟三百人，教于梨园”。梨园是戏曲的代名词，历代的戏班所敬神主就是唐玄宗，如同妓院是设立猪八戒神牌一样。唐时的梨园就在当今市的北郊大白杨村，而西安的戏曲艺人早在二百年前就于骡马市建立了“梨园会馆”。有传统的渊源，西安的剧社代代不绝，出现了许多杰出的戏剧家，民众是听戏、看戏，自己清唱作乐更成了生活的重要内容。曾发生过一个军人因犯军法被五花大绑拉上了断头台，他突然激愤地吼唱了一段秦腔，使他的将领念其豪爽赦罪还生。辛亥革命前后，西安进步的知识分子组织了易俗社、三意社、榛苓社、正俗社，以鲜明的民主主义观点编演新戏，寓教于乐，启发民智，移风易俗，其中易俗社最为有名。一九二四年的夏天，鲁迅先生和北师大教授王桐龄、东南大学教授陈钟凡、南开大学教授陈定谟、北京大学教授夏元以及孙伏园等十多人应邀到西安讲学，其间就专门到易俗社看戏。先生是南方人，在西安不服水土，数天里腹泻，又听不懂陕西话，特意请在西安的绍兴人来解说，当解说人讲他们初到西安看戏，一是觉得西安人唱戏要嘴大喉咙粗，二是自己的耳膜受不了，曾相互打趣："谁谁谁某事若是说谎，就罚他去看秦腔。"先生乐得仰天大笑，却言，话一时听不懂也不习惯，但戏的内容好，表演好，尤其曲牌好。他竟在不足二十天的西安之行中五次去易俗社，并亲题"古调独弹"四字赠予易俗社。那时的易俗社里正唱红的是花旦刘箴俗，他十岁上粉墨登场，演出《慈云庵》《忠孝图》，即被誉为"神童"和"蛇蚤红"，十三岁上出演《青梅传》，观者如潮，一时城内交通堵塞。一九二一年，易俗社赴汉口演出，适逢欧阳予倩先生的南通伶工学社也在那里演出，欧阳予倩特别赏识刘箴俗，说：我尤喜欢刘箴俗，他实在有演戏的天才……他的身材窈窕而长，面貌并不是很美，但一走出来，就觉得他有无限动人之致……后精心排演《蝴蝶杯》《夺锦楼》《西施浣纱》，一时出现"北梅南欧西刘"之说。鲁迅先生在易俗社看过刘箴俗的《美人换马》返回北京不久，还是这出《美人换马》，刘箴俗再次登台，忽然一句未唱完跌倒台上不省人事，从此卧床不起，拖延到十二月去世，年仅二十二岁。天才短命，名伶早夭，公葬那日送灵的行列长达二里之遥。那个孙伏园得知刘箴俗去世，与人说起刘箴俗，刘箴俗三个字的分量在陕人的脑筋中已经与省长差不多大小了。你如果说刘箴俗不好，千万不要对陕西人说，因为陕西人无一不是刘党。

杨虎城在西安时修了一座别墅，取紫气东来之意，起名紫园，当蒋介石撤销了他的陕西省长一职仅保留绥靖公署主任头衔，杨虎城遂产生消极情绪，改紫园为止园。蒋介石再到西安视察，他特意让蒋住他的别墅，让其明晓他的心迹，但蒋介石看到“止园”二字，立即对手下人讲，止字是中正的正字没了头，此地不祥，得择另处。蒋介石没有住在止园，头是保住了，但也就在此次西行发生兵谏事件。山西的军阀阎锡山，字百川，他到陕西，便要驻扎在陕西的宜川县。大的人物都迷信，人对于天地自然而能同一者皆能做大，西安人对此深信不疑。在一些狭窄的小巷酒馆里，我们常常看到一些衣着不鲜的人独坐喝酒，他们不事张扬，邻桌上“街娃”们滋事生非似乎视而不见，酒洒在桌子上或许会俯下头去吸吮，但说不准这些人中正有惊世骇俗角色，真人高士大隐于市，他们要么熟识《周易》，能观天象能察地理，要么身怀吐纳引导特异功能，若相识交谈，个个莫不是要以天下为己任。时下的中国，政治氛围浓厚的城市除了北京应当是西安，北京的政治气氛浓是理所当然的，数年来社会上流传了多少形形色色的笑话，产生于北京的都是政治笑话，而西安虽衰败的年月太久远了，其政治情结依然存在。自从出了个李自成，又有了圣地延安，陕北的农民在黄土塬上勒紧着裤带犁地，一坐下歇息说的竟是联合国秘书长上一届是谁下一届又该是谁，中央政治局谁在电视上出现得多而谁好久未露面了。曾经有三个农民背着馅饹来找我，一个是研究天象的，将丈二的白布摊在我的家中，指点他画在上边的星宿。一个是研究哲学的，先给我大段大段背诵了黑格尔、康德的论述，然后指责任继愈的观点，再是整个下午讲解他的隐性思维，使我昏昏欲睡又不能去睡。另一个是半月前以数封电报和长信与我商讨关于世界新格局问题，我未回复，他就来分析《孙子兵法》指点我国当今的外交政策。我曾在西安城玄武门内的一间公共厕所里，听见两个蹲坑的人在热烈地讨论如何颠覆非洲某国家的计划后又分析现中央政治局常委组合的利弊，再后，他们没带手纸向我讨要，我说："二位还这么关心政治啊？！"一个说："天下兴亡，匹夫有责嘛！"

陕西南部的岚皋县发生过这样一件事，森林深处的南宫山上一位老和尚坐化后，数百年肉身不腐，附近的一名游医自觉也功德无量，就用木板钉成箱子，自己坐进去，以重金买通一个山民从外钉死箱盖，可不足半年，箱板腐朽散裂，他化作了一堆白骨，让人嘲笑了一番还被敲去了嘴巴里镶着的一颗金牙。而在西安城东的灞河源头，我去参观了长在那里的一棵荫遮半亩的古龙松和古龙松前的李先念旧居。当年李先念从西路军的征途上来到这里，建议中央红军以此建立根据地，攻可以进西安，退可以钻秦岭深山。党中央虽最后还是以延安作为了根据地，可李先念在这里住了三年。村人讲，当地一个识风水的先生对李先念讲过，在古龙松前的屋里住多长时间，将来即可做多长时间的皇帝。李先念当然不是为了当皇帝在这里住，但他真的后来当了三年国家主席却是事实。灞源的山民对这一段历史非常自豪，故居被保护起来，那棵古龙松则成了神树，我见到的时候数百人在那里磕头烧香，长长短短的红布条挂满了每一个枝头。

陕西人热衷政治，但政治是需要权术的，陕西人在自己内部手段运用得还能自如，出外则因性格的缺陷往往玩转不开，所以中国近代史上陕西人没有几个成为重要的政治人物。地位最高的算于右任，曾经竞选过国民党的副总统，还没有竞选上。秦始皇坐位后派人去蓝田采一块做玺印的玉，采玉人发现一只凤每每到一处地方歇落，遂在歇落地挖掘，果然获得一块宝玉，此地历来有当官的人去采玉做官印的。但即使再到那里采掘，蓝田玉再也没有刻过陕西人能做得更大的官的印章，以致现在从平头百姓到省府干部腰里只挂着一嘟噜的钥匙，钥匙是他们在家的权力的象征。

我忽然想到了文人。

书院的一家字画店里曾出现过一副“文化大革命”时期的对联，笔力遒劲，肯定出自某大家之手，但没有印章，甚至连署名也没有，联语是：“红日当空；斯文扫地。”自古的观念里，诗文作得好的称“一支笔”“笔杆子”，可现在的事实是，在西安或陕西任何县市，论起“一支笔”或“笔杆子”皆是专门为党政机构起草文件的为领导写报告的人。这些人所处的角色甚为难堪，在官场上他们是文人，在文坛上他们又是官人。即使是纯粹的文人，在政治的舞台上，亦往往有两种情况出现：要么奴颜婢膝，顺风俯仰，成为附庸；要么硬骨铮铮，铁肩担道义，辣手著文章。我在江南的一个古驿站里，看到过乾隆皇帝南巡时当地接驾的资料，地方官员除了汇报政务，进贡土特产外，其中有安排本地方的秀才献颂诗三十首的记载。这种遗风沿至当今，恐怕是再没有这样的诗人了，但往往有大人物到了某地，地方却必会召集一些书画家到宾馆作书作画的。历来的文人在这方面留下了许多有趣的故事，从而定位了其品行和个性。据说齐白石在北京，吴佩孚当局了，他画一个鹰送去；蒋介石在京了，他画一个鹰送去；等到毛泽东住进北京城了，他还是画一个鹰送去，他的意思是：你们都是大英雄，我只是画画卖钱的，我不反对你，你也别影响我。清初三大鸿儒之一，西安的那个李颙，康熙三十年里加以征召他都是坚决拒绝，说得好听些，他以一颗野心被白云缠绕和松风吹冷功名心为由，闹到僵时开出病历单寄给朝廷，以致陕西地方官“至县守催”。对他的医师和邻人“胁以重刑”，甚至派人用板床把他从富平抬到长安城来逼其就范。他绝食五天，滴水不进，卧怀白刃，誓欲自裁。陕西总督哈占不得已才同意以病重为辞回报康熙。在二十世纪三四十年代，正是战乱岁月，西安的一批文化人，他们并不是共产党员，却也做出了许多可歌可泣的事情。画家赵望云断然不肯为军阀权贵作巴掌大的画幅，豪屋不住，美宴不赴，你来硬的威迫，我惹不过我可以躲过，连夜西去敦煌。秦腔名角王天民到宁夏演出，马鸿逵要赠他一院房屋，要送他一万余元等优厚条件留他在自己身边唱戏，王天民就是要回西安。名剧作家范紫东、孙仁玉都是才高八斗的人物，数十年改编旧戏，编演新剧，宣传民主，爱国反帝，其作品成为秦腔乃至中国近代戏剧史上的经典剧目。吴宓晚年回到了陕西老家，别人见风

白石老人作画像

1927 年元月 25 日，时在北京清华大学任教的吴宓曾到西安看望他的嗣父吴仲旗和挚友吴芳吉

使舵“紧跟形势”，他却敢讲“批林，我没有意见，因为我不了解，但批孔，绝不可以，因为孔子有些话是对的”。以致“反动学术权威”又加上了“现行反革命”的罪责而受迫害，最后双目失明，左脚残疾，含冤死于冰冷的土炕上。

二十世纪四十年代末，商南县有位姓王的县长，系省主席的侍卫员，凭主仆关系被外放县长，到任后贪赃枉法，无恶不作。西安有家文化通讯社报道了此事，一时社会轰动，舆论大哗。该县的议长在召集会议讨论时，姓王的县长突然破门而入，质问谁是揭发人，即拔枪射击，议长当场毙命，副议长越墙逃命，又被击中。血案的消息传到西安，省副议长在会上斥责“古今中外，无是政体”，文化社再次刊印副议长讲话，陕省当局大为震惊和尴尬，迫于舆论压力，将王押解西安法办。更有一家《秦风·工商日报联合版》的报纸，经常揭露省、县行政当局贪污舞弊及有关施政方面的种种黑幕，尤其抗战胜利后，坚持反对内战，呼吁释放全国政治犯，释放杨虎城。因此西北王胡宗南亲自听从省当局特别汇报，研究整治方案，封锁扼杀，指使特务强迫西安市报贩不准卖《秦风·工商日报联合版》，并由各警察分局秘密通知各商户不准订阅该报，不准在该报登载广告。但是，读者订不到报，亲自到报社取报，邮局把报扣了，报社就将铁路公路沿线的

爱国民主人士杜斌丞，陕西米脂人。1922年与杨虎城结识，创办《秦风·工商日报》，西安事变时主张联共、反蒋、抗日，后担任过陕西省政府秘书长。1947年10月7日在西安遇害

民国初年，陕西邮政驮队在运输邮件

民国初年，陕西邮政在渭河上运输邮件

民国初期，西安邮局营业大厅

民国初期，西安邮局大楼

开发西北协会成立

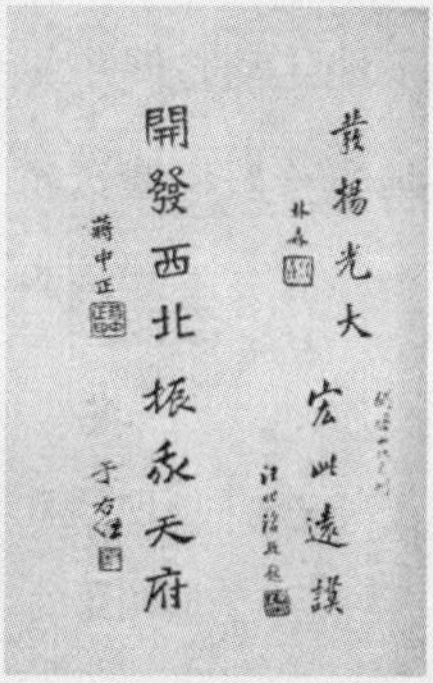

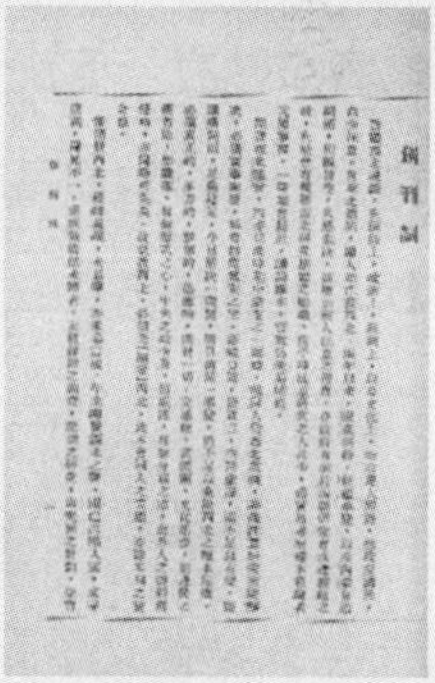

开发西北期刊

报纸交给每日第一班车上的司机代送。当局见软的不行，最后便纠集一伙暴徒砸抢报社营业部，要放定时燃烧弹焚毁印刷厂，并派人以车撞断总编辑双腿，将记者堵在巷子以辣面子、石灰撒入嘴和眼中，直至最后绑架著名报人李敷仁，秘密杀害报纸创办人杜斌丞。

我常常想，城市是什么，是一堆水泥和拥挤的人群。当我们是骑自行车的上班族时，我们反感着那些私家小车和出租车呼啸来呼啸去地常开在自行车的道上，而当我们有了钱能搭乘出租车，甚或有了自家小车，又总是讨厌骑自行车的人挡住了车的去路。几乎人人都在抱怨着城市的拥挤、吵闹和空气污浊，但谁也不愿自己搬离城市。大白天里，车水马龙，人多如蚁，可到了夜里街灯在冷冷地照着路面，清洁工抱着扫帚有一下没一下地划动，偶尔见到夜市上归来的相互扶着的醉汉和零星的幽灵一般倚在天桥上的妓女，你无法想象，人都到哪儿去了呢？为什么竟没有一个走错了家门呢？西安的街巷布置是整齐的“井”字形，威严而古板，店铺的字号，使你身处在现代却要时时提醒起古老的过去，尤其那些穿着黄的、蓝灰的长袍的僧人，就得将思绪坠入遥远的岁月，那汉唐的街上，脖子上系着铃铛，缓缓地拉着木轱辘大车经过，该是一种何等的威风呢？城墙上旌旗猎猎，穿着兵卒字

在玩耍的乡村儿童

西安近郊风景路宣告建成，竣工前的压路机

样军服的士兵立于城门两侧，而绞索咯吱吱地降下城门外护城河上的板桥，该又是一种何等的气派呢？青龙寺的钟声中哪一声糅进了鉴真和尚的经诵？葫芦头泡馍馆门首悬挂的葫芦里哪一味调料是孙思邈配制？朱雀门外的旧货市场上的老式床椅是辗转过韩干的身肢还是浸润过王九思的汗油？上千年的风雨里，这个城市竟呼呼啦啦败落下来，中华人民共和国五十年来虽积极地重新建设，但种子种久了退化，田地耕久了板结，它已实在难以恢复王气。毕竟如今的城市规模小，城外而来的汽车和人流将泥土直接可以带到市之中心，又因为城市的经济能力有限，众多的失业者得有生存的营生而导致街巷行人道上有了地摊，卖小杂碎和饮食，所以，西安的尘土永远难以清除，一年数日里的昏天灰地令人窒息，皮鞋晌晌得擦，晌晌是脏，落小雨落下来是泥点，下大雨路面积潭，车漂如船。深秋天气，法桐的花绒便起飞了，整个城市不寒而雪，到了冬季，雪下起来又难以久驻，雪与尘土和成污泥又冻成疙瘩，街面上随处就有跌倒的行人，最难堪的是一辆自行车“啪”地一倒，三辆四辆、十辆八辆啪啪啪地倒一大片。一旦夏天来临呢，大天白日，小伙子们全裸了上身，脖子上搭一条湿而脏的毛巾，在小巷透着窗子一看，也常能看到一些老妪也裸了上身在案上擀面，乳房干瘪，肋骨可数。

大荐福寺小雁塔

西安文庙，螭吻

入夜的街道两旁，钢丝床、竹躺椅、凉席摆满，白花花一躺一片如晾在了岸滩上的鱼。慈禧西逃来的时候，为了祛热，派人从太白山取雪化水盛在屋中缸里，如果现在没有了空调，市府的官员们就得如过去一样坐水瓮断案了。树是越来越少，鸟愈飞愈稀，从春到秋，从夏到冬，能听到的是声声紧迫的如哭如泣的猫的叫春。近年来有一句民谣：不到北京不知道自己官小，不到上海不知道自己钱少，不到海南不知道自己身体不好。一个城市有一个城市的特点，如果说那一句以“你不像上海人”来评价上海人好的话是对上海的不恭，那么，说西安就不该是城，西安人是不太生气的，他们甚至更愿意保留下旧城重新在别处再建一个新的西安！

我一直有个看法，评价历史上任何人物是不是伟大的，就看他能不能带给后人福泽。因此，秦始皇是伟大的，武则天是伟大的，释迦牟尼伟大，老子也伟大，还有霍去病、司马迁。只要到临潼的秦兵马俑馆、乾陵、法门寺、楼观台、黄陵和延安去看看，不要说这些人物给中国的发展作出了多大贡献，为中国增加了多少威望，也不要说参观门票一日能收入多少，单旅游点四周连锁而起的住宿、餐饮、娱乐的生意繁华，就足以使你感慨万千了。一个城市的形成，有其人口、建筑、交通、通讯、产业、商业、金融、法律、管理诸多基本要素，

这是 1936 年大慈恩寺的门道，不如今天的阔气，香火也不旺盛

但人的精神湖泊里的动静聚散却是仍需教化导向的，宗教就这样从天而降，寺庙也由此顺天而建。西安之所以是西安，它就是有帝王的陵墓和宗教寺庙，一个在地下，一个在地上，民族传统的文化氤氲着这座古城。据史料记载，唐长安城坊佛寺有一百四十四座，道观有四十一座，至今保存的名刹古寺有大兴善寺、大庄严寺、青龙寺、净业寺、仙游寺、圣寿寺、感业寺、华严寺、慈恩寺、西明寺、荐福寺、罔积寺、香积寺、草堂寺、卧龙寺、法门寺、楼观台、重阳宫、八仙庵、东岳庙、西安清真大寺等等。中国佛教的十大宗派，除天台宗和禅宗外，其他八派都发祥于长安。富丽堂皇的殿宇内，壁画万象纷呈，慈恩寺塔西曾有尉迟乙僧画的湿耳狮子趺心花“精妙之极”，资圣寺东廊韩干的散马“如将嘶蹀”，王维在荐福寺作辋川图“山谷郁盘，云水飞动”，吴道子在菩提寺画的礼佛仙人“天衣飞扬，满壁风动”，而赵景公寺内有幅“地狱变”阴森可怖，凡是看过都“惧罪修善”，致使当年东西两市的鱼肉都卖不出去。名刹古寺里多有离奇的故事传颂，唐观中便有天女降临来观赏玉蕊花的事，连刘禹锡也写下了“玉女来看玉树花，异香先引七香车，攀枝弄雪时回首，惊怪人间日易斜”。法门寺里更有司礼太监九千岁刘瑾陪皇太后来降香，公断了宋巧姣一案，至今寺中还有双窝青石一方，据说就是当年宋巧姣告御状时跪诉冤情的地方。而“破镜重圆”的故事就发生在西明寺，西明寺原是唐隋越国公杨素的住宅，后因其子谋反被没收为官有。杨素当红时，陈后主的三妹下嫁给陈太子的舍人徐德言为妻，当陈破亡之际，徐与妻言：“今国亡家破，必难相安，以你的才色，定入帝王或贵人之家。你我恩爱，生死永不相忘。乃将一面铜镜击破，各执一半，相约于正月十五在市中贷求，破镜重圆与否，即可知生死了。”陈灭后，妻果被杨素纳姬，并宠幸无比，然而此姬依旧恋徐，正月十五日令奴婢持破镜至市求售，真的就遇上了徐德言，徐将重圆之镜及诗寄给陈氏，说：“镜与人俱去，镜归人不归，无复姬娥影，空余明月辉。”陈氏抱镜痛绝，不复饮食。杨素问明了缘故，惨然变色，长夜思考，终遣使召徐德言，将妻返还。

帝王陵墓和名刹古寺现在支撑着西安的旅游业，原本是清凉世界再难以清静，街上时常见到一些僧人道士，使市民们似乎觉得他们是上古人物而觉神秘，却也能见到一些僧人道士腰间别有传呼机，三个四个一伙去素食馆吃饭大肆谈笑而感到好奇。我曾一次去某道院想抽一签，才进山门，一脏袍小道即高声向内殿呼喊：“生意来了！”气得我掉头就走。但初一十五日庙观中的香火旺盛，而平日在家设佛堂贴符咒却仍是许多人家的传统。他们信佛敬道，祈祷孩子长大，老人长寿，仕途畅达，生意茂盛，甚至猎艳称心，麻将能赢，殊不知佛与仙是要感谢的，通过自己的生命体验佛道以及上帝的存在而知道我是谁我应干什么。隋唐的时候，长安城里是有一个三阶教的，宣扬大乘利他精神，主张苦行忍辱，节衣缩食，救济贫穷，认为一切佛像是泥胎，不需尊敬，一切众生才是真佛，愿为一切众生施舍生命财物。开创三阶教的信行早死了，其化度寺也早毁了，但我倒希望现在若还有那么个寺院也好。

俗言讲，铁打的营盘流水的兵。城市何尝不是这样，尤其像西安这样的城。因看过国外的一份研究资料，说凡是在城市待三代人以上的男人一般是不长胡须的，为了证实，我调查了数量相当的住户，意外地发现，真正属于五代以上的老西安户实在罕见。毛泽东有一句军事战略上的术语，“农村包围城市”，而西安的人口结构就是农村人进驻城市成为市民，几代后这些人就会以种种原因又离开了城市，而新的农村人又进住城市，如此反复不已。但现在是居住在城里的市民，从二十世纪二三十年代开始，意识里就产生了偏见，他们瞧不起乡下人，以至今日，儿子或女儿到了恋爱时期，差不多仍是反对找城里工作原籍在乡下的对象，认为这些老

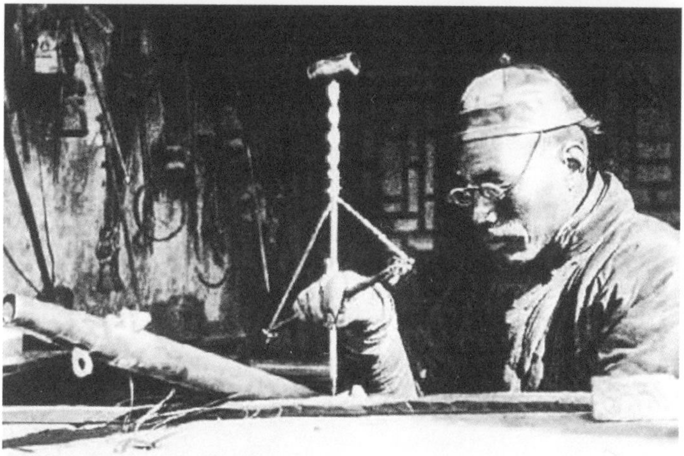

弹棉花作坊

手工制作秤

在街头休息的中年人，抽着烟杆，用破旧的雨伞遮挡太阳

低头捡牛粪的老者

妓院门口

西安近郊的村落，却也是古迹比比皆是，而且保存得相当完好

家还有父母兄妹的人将来负担太重，而且这些亲戚将会没完没了地来打扰。即使是父母俱在城里的，又看不起北门外铁道沿线的河南人和说话鼻音浓重的已是城籍的陕北人，认为他们性情强悍、散漫，家庭责任心不强。其实，河南人在西安起源于黄河泛滥而来的难民，现已成为西安极重要的一部分市民。陕北人源于解放初期大量革命干部南下，这两个地区的人勤劳、精明，生存能力和政治活动能力极强。西安基本上是关中人的集中地，大平原的意识使他们有着排外的思想，这也是西安趋于保守的一个原因。

在我的老家商州，世世代代称西安为省，进西安叫作上省。我的父辈里，年轻的时候，他们挑着烟叶、麻绳、火纸、瓷器担子，步行半个月，翻越秦岭来西安做生意，生意当然难以维持多久，要么就去店铺里熬相公，要么被人收揽了组织去潼关下煤窑。更多的，是夏收时期来西安四郊当麦客。这些麦客都是穿一件灰不叽叽的对襟褂子，蹬一双草鞋，草绳勒腰，再别上一个布口袋装着一个碗和炒面，手里提着一把镰。他们在太阳如火盆一样的天底下，黑水汗流地为人家收割麦子，吃饭的时候，主人一眼眼看着他们吃，还惊呼着都是些饿死鬼嘛，一顿要吃五个馒头！麦客们或许来早了，来晚了，或许正逢着连阴雨，他们就成堆成堆聚在街头檐下，喝的是天上下的，吃的则瞧着饭馆里吃饭人有剩下的了，狗一样窜进去，将剩饭端着就跑。当然，罗曼蒂克的事就在万分之一中发生了，我老家村子里就有过，是北郊一个年轻的寡妇看中了她雇用的麦客，先是在麦垛后偷情，再后来堂而皇之入赘，麦客叼着烟袋住在炕上成为这家男掌柜了。那时的商州是种大烟土的，老家的人讲过去吸烟似乎很难上瘾，不像现在吸白面，一吸上就等于宣布家破人亡了。也有想在当地当土匪而来西安弄枪的，二十世纪四十年代，商州的两股土匪真的都是因在西安偷盗过一支枪而回去发展起来的，也有一个在西安买通了部队的军需，购得了五支枪，而出城时被查出，结果被杀，脑袋挂在城东门口。

吸毒、赌博、娼妓在西安的三四十年代是相当严重的，一般的有钱人家过红白喜事，重要客人进门，先招呼上炕，炕上就摆有烟灯烟具。戏班子里的艺人，唱红了的多有烟瘾，台下面黄肌瘦，哈欠连天，吸几口上台了，容光焕发，精神抖擞。许多当局军政要员暗中都做烟土生意。至于嫖娼，开元寺的高等妓院由兵士站岗护卫，出入的都是军政界、商贸界、金融界有钱有势者，据说胡宗南就患有花柳病。我见过一位鸡皮鹤首的老妓女，她谈起来，最感荣幸的是曾经接待过胡宗南。

城市是人市，人多了什么角色都有，什么情况也出，凡

西安远景：山水之间，美哉、壮哉

是你突然能想到的事，城里都可能发生。西安城里流动着大量的农村打工者，数处的盲流人员集中地每日人头攒拥，就地吃住，堵塞交通，影响着市容。麦客在五月下旬就进城了，而贩菜的、卖炭的、拾破烂的沿街巷推车吆喝，天至傍晚，穿着露而艳的妓女撅着红嘴唇拎着小皮包就开始奔走各个夜总会和桑拿房去。我在戒烟所里采访那些烟民，一个美貌的少妇哭诉她的夫离儿散，最后竟气愤地求我代她控告那些贩毒者：“他们卖给我的是假货，让我长了一身黄水疮！”城市是个海，海深得什么鱼鳖水怪都藏得，城市也是个沼气池子，产生气也得有出气的通道。我是个球迷，我主张任何城市都应该有足球场，定期举行比赛，球场是城市的心理的语言的垃圾倾倒地，这对调节城市安稳非常有作用。城市如何，体现着整个国家和地区的综合实力，随着人类社会的发展，城市的拥挤、嘈杂、污染使城市萎缩、异化了。据有关资料讲，在二十一世纪，人类面临的重大危机不是战争、瘟疫和天灾，而是人类自身的退化，这个退化首先从城市引起，男人的精液越来越少，且越来越稀，以至于丧失生殖的能力。我读到这份资料时，是一个下午，长这么大还没有什么事能让我感到那么大的恐惧，我抱着我收藏的恐龙蛋化石呆坐屋中，想恐龙就是从这个地球上渐渐地消失了，一个时代留下来的就只有这变成石头的蛋体了。我把我的恐惧告诉给我的朋友，朋友无一例外地嘲笑我的神经出了问题，说："即使那样又能怎么样呢？满世界流传查尔诺丹的大预言是一九九九年七月地球将毁灭，七月马上就到了，那就该现在不活了吗？"朋友的斥责使我安静下来，依旧一日三餐，依旧去上班为名为利奔忙活人。说实话，自一九七二年进入西安城市以来，我已经无法离开西安，它历史太古老了，没有上海年轻有朝气，没有深圳新移民的特点。我赞美和咒骂过它，期望和失望过它，但我可能今生将不得离开西安，成为西安的一部分，如城墙上的一块砖，街道上的一块路牌。当杂乱零碎地写下关于老西安的这部文字，我最后要说的，仍然是已经说了无数次的话：我爱我的西安。